Pra que
varanda
se a vista
é feia?

CB047470

Pra que varanda se a vista é feia?

SANDRA ACOSTA

 | TEMPORADA

Copyright © 2021 by Editora Letramento
Copyright © 2021 by Sandra Acosta

Diretor Editorial | Gustavo Abreu
Diretor Administrativo | Júnior Gaudereto
Diretor Financeiro | Cláudio Macedo
Logística | Vinícius Santiago
Comunicação e Marketing | Giulia Staar
Assistente Editorial | Matteos Moreno e Sarah Júlia Guerra
Designer Editorial | Gustavo Zeferino e Luís Otávio Ferreira
Revisão | Daniel Rodrigues Aurélio
Capa | Gustavo Zeferino
Imagem da Capa | Colagem — Sandra Acosta
Diagramação | Isabela Brandão

Todos os direitos reservados.
Não é permitida a reprodução desta obra sem
aprovação do Grupo Editorial Letramento.

Dados Internacionais de Catalogação na Publicação (CIP) de acordo com ISBD

A185p   Acosta, Sandra

Pra que varanda se a vista é feia? / Sandra Acosta. - Belo Horizonte : Letramento ; Temporada, 2021.
106 p. ; 14cm x 21cm.

ISBN: 978-65-5932-049-3

1. Literatura brasileira. 2. Crônica. 3. Cotidiano. 4. Contemporaneidade. 5. Sensibilidade. 6. Auto-ficção. 7. Memórias. 8. Viagens. 9. Reflexão. 10. Dia-a-dia. 11. Escrita criativa. I. Título.

CDD 869.89928
2021-1437
CDU 821.134.3(81)-94

Elaborado por Vagner Rodolfo da Silva - CRB-8/9410

Índice para catálogo sistemático:
1. Literatura brasileira : Crônica 869.89928
2. Literatura brasileira : Crônica 821.134.3(81)-94

Belo Horizonte - MG
Rua Magnólia, 1086
Bairro Caiçara
CEP 30770-020
Fone 31 3327-5771
contato@editoraletramento.com.br
editoraletramento.com.br
casadodireito.com

Temporada é o selo de novos autores do
Grupo Editorial Letramento

Para Dary e Mami,
obrigada por tudo

Para Enio,
obrigada por acreditar

Para Samirah,
obrigada por encantar

> *A vida não é a que gente viveu, e sim a que a gente recorda, e como recorda para contá-la.*
>
> **Gabriel García Márquez,**
> *Viver para contar*

11	PREFÁCIO
13	PARTE I: PERTO DA VARANDA
15	Pra que varanda se a vista é feia?
17	Osasco e o conhece-te a ti mesmo
20	O trem da minha vida paulistana
22	A espinha de peixe
24	Os óculos e a verdade
25	O Fusca Bege e o jantar de noivado
28	Xuxa, Disney e eu
31	A incrível viagem para dentro do armário da infância
34	As vidas secretas por trás dos crachás
36	Tô ficando velha, Jorge
38	Calcinha bege
41	O bigodinho
43	O javaporco do ex-padre
45	As reviravoltas de se mudar de profissão
48	Toda vida merece um livro, pois
51	O velho e o cigarro
53	O carro do sonho
55	PARTE II: LONGE DA VARANDA
57	Dia Mundial da Falta de Paz
59	Cigarros e reflexões no Café Parisiense
61	A Paris que Emily não viu

64	Couscous e Caos: desventuras de uma viagem ao Marrocos
68	Quando a terra da floresta é água
70	O Oiapoque existe
72	*Serendipity* ou "A beleza das coisas improváveis"
74	Além dos coletes e calças justas
77	PARTE III: DENTRO DA VARANDA
79	Moscas em quarentena
81	O Passarinho no canto da janela
83	Os sinos soam por aqui também
85	A arte (ou desastre) de cuidar de seres vivos em uma pandemia
88	Quatro minutos nos tempos do "fique em casa"
91	A absurda necessidade de se proteger
94	Meus dias de quarentena com Gabo
96	Não tem COVID na firma
99	Pai e filha
102	O café dentro de casa
104	Aberta a temporada de novas primeiras vezes

PREFÁCIO

Este livro é o resultado de alguns momentos observando, outros tantos escrevendo e o dobro do tempo tentando compreender o que tudo isso significou ou significa para mim. Escrever foi um exercício de provocar o olhar para ir além do cotidiano e extrair dele o seu lado mais poético.

As crônicas deste livro foram escritas ao longo dos últimos três anos a partir de certos movimentos pessoais: a mudança de Curitiba para São Paulo, o retorno à casa da infância, a reconexão com a família, as lembranças do início de carreira, as viagens pelo país, a transição de carreira, a temporada em Paris e a volta ao Brasil por conta da pandemia da COVID-19.

O livro divide-se em três partes: a "Parte I: Perto da varanda" refere-se às crônicas de costumes; a "Parte II: Longe da varanda" aborda crônicas de viagens e, na "Parte III: Dentro da varanda", estão as crônicas sobre o aprendizado de se viver em um período de isolamento social.

Ao falar das minhas histórias, espero que eu me conecte com você. Porque, no final das contas, praticamente todas as vivências falam das mesmas coisas: amor, coragem, medo, frustração, recomeço, vergonha, alegria.

As minhas não seriam diferentes.

＃ PARTE I: PERTO DA VARANDA

Pra que varanda se a vista é feia?

A cidade onde trabalho não pode ser classificada como bonita. Por sinal, ela é bem feia. Daquelas que com dificuldade se encontra um muro sem pichação, os fios de energia formam nós centenas de vezes mais embolados que as minhas correntinhas na gaveta, com mato crescendo pelos canteiros me remetendo às florestas tropicais. Um caos cosmopolita que, infelizmente, não é exclusivo apenas de minha nova (e, espero, temporária) cidade, mas de outras espalhadas pelos centros urbanos brasileiros.

Ainda não moro aqui, e faço a ponte aérea semanal para passar meus dias úteis na cidade. Dias esses que passo escrevendo e-mails vazios, participando de reuniões prolixas, almoçando sozinha e jantando a canja de galinha do restaurante do hotel. E é com espanto que, como recompensa à renúncia do lar, me foi concedido um quarto de hotel com a benesse de uma varanda. Um espaço aberto com amplos $2m^2$, no oitavo andar de um edifício localizado em uma cidade... feia.

Ao conhecer a minha varanda, vejo que assim como a visão das partes, do alto não tinha como ser diferente: casas disformes, cores berrantes nos letreiros, um *sex shop* decadente aqui, a igreja pentecostal ao lado, calçadas estreitas e desniveladas, pessoas disputando espaço embaixo do ponto de ônibus durante a chuva. Após alguns instantes, a pergunta que me vem é:

Pra que varanda se a vista é feia?

E tal como um fio de linha solto que ao puxá-lo descostura toda a barra da calça, outras perguntas surgiram para ilustrar aquele momento da minha vida: para que um corpo se ele é usado só para estar em uma cadeira de escritório? Para que comprar legumes orgânicos se não tenho tempo de cozinhar para quem eu amo? Para que estudar se a voz não tem força? Para que a amizade se não há espaço para o ouvir? Para que escrever se ninguém quer ler? Para que uma profissão se não se tem trabalho? E para que trabalho se não se tem emoção?

Na varanda, reflito sobre a complexidade e, muitas vezes, a inadequação da vida. Ao nada concluir, lanço o olhar para longe. Começo a ver no fundo da paisagem umas montanhas verde-castanhas e uns pássaros resistentes à poluição sobrevoando o céu. O sol começa a desafiar as nuvens e aparece depois do aguaceiro. Ali embaixo, um casal se beija e um carro passa tocando em alto som uma música do Elvis.

Entro de volta ao quarto assoviando a mesma música.

Osasco e o conhece-te a ti mesmo

Osasco fez parte da minha infância. É a cidade natal da minha mãe e, naquela época, toda a família morava por lá. Tornou-se um típico local de visitas, seja às casas de tias-a-vós, seja ao Cemitério Bela Vista. Pode parecer meio lúgubre, mas para quem tinha diversos parentes idosos, todos de Osasco, nada mais natural que os enterros acontecessem com alguma regularidade. Osasco, portanto, se associou dentro da minha mente infantil a um símbolo tangível da vida por meio do seu dual, a morte inevitável.

Por mais de quinze anos, não voltei à cidade. Eu só fui retornar por um motivo inesperado: Osasco passou a ser o meu local de trabalho. A princípio, não foi uma escolha e ela aconteceu sob condições adversas. No trabalho, eu estava mudando de empresa e de atividade. Na vida pessoal, estava deixando a minha casa para morar em um hotel durante os dias úteis, retornando para Curitiba aos finais de semana. Não era uma situação confortável, diga-se de passagem.

Ao conhecer mais Osasco, percebi como era caótico estar ali, um lugar estranho perto da lembrança dos bairros da Tia Iraci ou do Tio Angelim dos anos 1990. A cidade "dos mano", a capital do dogão ou "Oz" eram facetas de uma cidade que virou meme e esquete de *stand-up comedy* e eu, de certa maneira, reconheci isso. Seja na aspereza da estação do trem metropolitano de Osasco, na inadequação das palmeiras plantadas no calçadão popular cheio de carrinhos de cachorro-quente ou no desmazelo da cidade com o maior PIB fora de uma capital.

À procura de um sentido para aquela configuração de vida, comecei a resgatar as histórias da família em Osasco. Em uma delas, minha avó contava que sua família, ao chegar de Portugal, havia se instalado em um sítio no que ainda eram os arredores de São Paulo. Com a morte de seus pais, anos depois, seus irmãos decidiram vender o lote aos administradores do Banco Brasileiro de Descontos. Ou seja, aquele terreno e mais dezenas de outros formariam o que hoje é a Cidade de Deus, espaço-sede do Bradesco em Osasco.

Sendo esse justamente o local em que eu trabalhava naquele período, andava pelas ladeiras e prédios administrativos do banco tentando imaginar se a antiga casa da Família Coelho ocupava o espaço que agora era a pista de corrida, o Prédio Azul ou aqueles eucaliptos. Era um exercício que me enchia de nostalgia e fantasia naquele lugar demasiado bancário.

Nessa temporada, também tive a oportunidade de visitar a casa da infância da minha mãe. Hoje, a Rua dos Marianos está bem no centrão de Osasco. No lugar da casa branca que abrigou minha mãe-avó-tia-avô-papagaio-macaco-cachorro-cobra-tamanduá (sim, ela teve todos esses bichos), há um estacionamento sem graça de uma agência Bradesco. A visita rendeu dois minutos de reflexão, uma foto e o entendimento de que ali não havia mais o que se ver.

O encontro mais simbólico se daria no campo documental. Por estar em Osasco, resolvi iniciar o processo de coleta de documentos para conseguir a cidadania europeia. O cartório de Osasco, depositório de todos os registros das famílias Toso e Coelho em pesados livros manuscritos, revelou partes anuviadas da minha história. A partir desses livros, descobri a cidade de origem da família portuguesa (eles vieram de Guarda, no centro do país) e que meu bisavô italiano já havia estado no Brasil uma vez antes de vir com esposa e filhos (as perguntas "por que foi?" e "por que voltou?" ficarão ainda sem respostas).

Sobre minha bisavó italiana, soube que ela tinha 33 anos ao chegar no Brasil (a exata idade que eu tinha naquele momento) com seis filhos, sendo um deles uma bebê, e que seu nome verdadeiro era Fortunata Maria Adelaide Piva. E não, ela não usava o sobrenome do marido. Uma pena ela ter falecido três meses antes do meu nascimento. Gostaria de tê-la conhecido.

Osasco foi o lugar que me reconectou à minha ancestralidade. Depois de treze meses mais próxima da história da minha mãe e das minhas raízes, compreendo que a frase de Sócrates pode até ganhar um adendo e adaptação poética: "Conhece a tua família e conhecerá a ti mesmo".

O trem da minha vida paulistana

Há alguns meses, precisei me mudar para São Paulo e aí muita coisa mudou junto: empresa, atividade, casa, hobby, DDD, temperatura média. Depois de mais de dez anos em Curitiba, voltei a ser caloura em situações que já estavam amaciadas e confortáveis na minha vida. E meu recomeço é na "universidade" das cidades brasileiras, aquela que não para pra te dar boas-vindas, não te dá manual de procedimentos e alívio nenhum na matéria.

Uma das coisas que mais se transformou na minha rotina tem sido a maneira de me locomover. No começo, quis adotar uma vida *hype*, à moda paulistana, usando o discurso "pra que ter carro se usar Uber é *top*?" Mas tive que ceder aos apelos do meu bolso que implorou por uma solução mais adequada para o meu novo orçamento e cessei com as corridas diárias.

Resolvi então experimentar o trem, não sem certos receios, justificados pelo volume de histórias de lotação e violência que acumulei ao longo dos anos com muito *Bom Dia Brasil*. Quem é mulher sabe que, apesar de sermos "pra frentex" e querermos ir e vir para todo o canto e a qualquer hora, não é bem assim que as coisas funcionam, principalmente em uma megalópole como São Paulo. O medo nos acompanha como uma nuvem negra em cima de nossas cabeças. Um dia, porém, entrei naquela estação de trem e, tal qual a plataforma 9 3/4 que abre o mundo mágico para Harry Potter, pude adentrar a um novo universo de percepções e *insights* a respeito da vida como ela é.

Os estilos dos usuários do trem são os mais variados: meninas exibem seus cabelos afro com orgulho, homens engravatados usam barbas estilo lenhador, mulheres não se inibem e usam a roupa curta que querem com atitude de militantes. Muitas tatuagens, tênis da moda, dobras abdominais, boné aba reta, fones de ouvido chamativos. Parece que há mais liberdade de ser o "muito" que se quer ser em uma cidade que tem tanta gente. Se no primeiro dia tentei me esconder por baixo de um moletom e cara lavada, hoje ostento meu batom carmim e meu terninho listrado sem medo de ser feliz.

De cada dez pessoas no trem, umas oito estão com celulares na mão. Um ouve músicas da Disney, outra assiste *Girlboss* no Netflix, outra se equilibra para poder jogar *Candy Crush*. Aparentemente, ninguém tem receio de roubos e ou de futuros torcicolos pelo esforço repetitivo de dobrar pescoços para ver as minitelas. Mas ainda vejo uns bravos e poucos leitores, fortalecendo os braços ao empunharem livros de mais de 300 páginas no ar. Meu lado intelectualóide vibra por dentro com tamanho esforço em nome da leitura.

Trem também é um lugar de emoção. Já vi algumas garotas chorando copiosamente, umas sendo amparadas por amigas, outras solitárias. Para se chorar em público (e coloca público nisso!), a dor deve ser daquelas. Por outro lado, já vi beijo *caliente* no pilar da Estação Presidente Altino, carinho na cabeça em Pinheiros e abraço coletivo na Estação Hebraica.

Não tem um dia que seja igual ao anterior: o trem não passa no mesmo horário, a voz do maquinista parece mudar sempre, os cambistas vendem chocolates esquisitos que não se repetem, o meu humor oscila como o pêndulo de Foucault, minha insegurança a respeito dos meus próximos passos cresce a galopes. Mas uma coisa tem se perpetuado: a curiosidade de entender ainda mais o que se passa nessa cidade e tá para aparecer um lugar com mais vida que o trem de São Paulo.

Eu faço parte dele e agora ele faz parte de mim.

A espinha de peixe

Queixava-se de ter uma espinha de peixe dentro dela. Na época, não sabia dar nome aos sentimentos, confundia-os com as dores físicas. A espinha flutuava na escuridão da barriga e fazia doer por dentro, sobretudo quando a menina ouvia trovões, tocava em tatus-bola e ao descobrir que vovó podia morrer um dia. Imaginava que, em vez de ter sido engolida pela baleia, tal como o Pinóquio dos contos de ninar, ela tinha a própria baleia e sua carcaça debaixo da sua pele. Mas a mãe, o pai, a professora, o padre, todos confundiam os momentos da mesma história. Diziam que o nariz da menina cresceria sem parar se ela continuasse com aquela lorota sem tamanho. Finalmente, ela parou de falar sobre a espinha de peixe.

A menina cresceu, passou a usar salto alto e terninhos azul-marinho e descobriu que a espinha de peixe, apesar de ainda estar lá, ficava escondida e doía menos quando as pessoas a viam como uma fortaleza. Mas, após anos e anos, a mulher se cansou do peso daquela armadura.

Foi tirando parte por parte do trambolho e deixou a luz chegar às pernas, aos braços, ao colo. Quando tirou a peça mais pesada, o metal que cobria seu peito, ela se sentiu nua, frágil e com a espinha de peixe doendo mais do que nunca. Chorou e se julgou tola por ousar ter uma vida sem dor.

Quando se reergueu, a mulher sentiu algo diferente. Viu flores brotando pelos seus pés. Por conta da luz e das lágrimas, os galhos das flores cresceram até seu ventre e chegaram à espinha de peixe, que acabou sendo esmagada e transformada em pó. A mulher sorriu e voltou a caminhar. Ela se sentiu leve, liberta e, enfim, pronta para mostrar ao mundo suas novas cores.

Os óculos e a verdade

Ah, como odiava aqueles óculos. Eram cinzas, grandes, de acrílico fosco. Ela queria ser como a Tuca e a Lena que jogavam handebol sem medo de levar uma bolada no rosto e ter o olho furado com o vidro da lente. Pensava que fora o sangue e a cegueira, teria que encarar a mãe falando das dez parcelas que ainda faltavam pra pagar aquela armação. Seria esforço emocional em demasiado pra um acidente só.

A cada perrengue enfrentado, seu impulso era o de culpar a miopia. Era a última a ser escolhida na aula de Educação Física? O Zeca nem olhava pra cara dela? A professora só enchia seu saco? Só podiam ser os óculos no meio da cara.

Um dia, começou a imaginar que se conseguisse a proeza de despistar o olhar das pessoas pra outro lugar que não fosse a armação cinza, poderia ser que a vida ficasse menos insuportável. Pegou o batom da irmã mais velha, pintou a boca e se armou das mais belas palavras. A cada chance, declamava poemas, inventava repentes, cantava funks, elogiava quem lhe prestava ajuda. Passou a ser chamada pelo time pra inventar o grito de guerra. Zeca quis discutir suas letras de músicas recém-compostas. Até a professora ofereceu um papel a ela na peça de fim de ano.

Já eram tantos afazeres e ideias que não havia mais tempo de pensar nos óculos. Eles foram diminuindo, sumindo, se apagando. E, a partir daí, ela finalmente conseguiu enxergar com perfeição a verdade do mundo.

O Fusca Bege e o jantar de noivado

Em uma das minhas últimas caminhadas pelo bairro, há uns dias, me dei conta de que estava passando em frente à delegacia de furtos e roubos de veículos. Era um recinto de planta baixa, de cor cinza burocrático, com um pátio adjacente repleto de carros velhos, amassados, esquecidos. A visão daquele lugar, além de me suscitar indignação (como achar normal a existência de uma delegacia específica para carros?!?), me fez viajar no tempo, aos idos de 2008. Foi nesse ano que registrei o único B.O. da minha vida, justamente nessa unidade.

Eu havia ido dar queixa do roubo do meu fusca.

Era um fusca ano 1980, cor bege sem graça, faróis grandes, modelo apelidado "Fafá de Belém". O Fusca Bege não foi o meu primeiro carro, mas ele teve um "quê" de especial na minha história. Ele foi meu primeiro carro em terras curitibanas. Além de morar sozinha em um apê, numa cidade nova, conquistar uma turma de amigos, estar radiantemente solteira, e sendo uma recém-contratada de um banco, eu finalmente poderia expandir meu território para além do que as estações-tubo me mostravam.

Apesar de valorizá-lo muito, eu entendia que o Fusca Bege era um carro velho – "pollyannamente", um bom negócio. Eu não tinha que pagar seguro, raramente usava estacionamentos pagos e não me preocupava com roubos. Por essas e outras, ele pernoitava na rua, em frente ao meu prédio.

Em um sábado meio à toa, de pijama, dei uma olhada pela janela do 14º andar para acenar, por meio da força da imaginação, para o Fusca Bege. Mas eu não o encontrei. Franzi a testa, forcei o olhar. Será que eu tinha estacionado na outra esquina? Desci e não encontrei o carro. Também não havia marcação no meio-fio. Dessa vez, ele não havia sido guinchado por eu ter estacionado em local proibido. Ele havia sido roubado.

Como era um sábado à tarde e eu já estava sem o fusca mesmo, achei melhor deixar o empenho de fazer o B.O. para a manhã seguinte. Até que lá pelas 20h, um homem me ligou. Ele se apresentou como um policial, disse que meu fusca havia sido encontrado num bairro da periferia e que era para eu ir buscá-lo. Fiquei desesperada. Como eu, sozinha, iria pegar um fusca, domingo à noite, no meio das quebradas? E se o cara do telefone fosse um maluco sequestrador?

Naquele momento, começava a amaldiçoar o fato de morar sozinha, numa cidade estranha, de ter amigos novos (e ainda pouco conhecidos), de ser livre-leve-*fucking*-solteira, de ter um salário de recém-contratada e não poder mandar meu mordomo pegar o Fusca Bege para mim.

Até que tive a brilhante ideia de ligar para um colega de trabalho. O Zeca era gente boa, morava a menos de um quilômetro de mim, era do tipo que estaria jogando paciência em uma noite como aquela. Na era pré-whatsappzóica, a gente tinha que ligar para as pessoas. E foi o que eu fiz. Quando ele atendeu, não pestanejei, disparei a minha metralhadora verborrágica: "Zeca, meu-carro-foi-roubado-imagina-um-fusca-cruz-credo-que-ladrão-loser-quem-rouba-um-carro-bege-tenho-que-pegar-esse-carro-no-cafundó-de-Curitiba-preciso-de-ajuda-pelamor-você-me-acompanha-nessa-aventura-rumo-ao-submundo-dos-crimes-contra-veículos-indefesos?"

Do outro lado, um Zeca pra lá de constrangido, me respondeu: "Éeee, então, bem, como eu posso te dizer, errrrr, hummmm, grrrr, hm-hm, eu tô no meio do meu jantar de noivado, Sandra".

Um minuto de constrangimento.

"Ops, foi mal aê". Desliguei o telefone.

Se vergonha matasse, eu certamente estava pronta para os urubus me encontrarem. Além de não ter mais o Fusca Bege, deixei naquela ligação também todo o meu brio. Era muito para um domingo. Até liguei a TV no *Programa Silvio Santos* para ver se havia alguém sendo mais humilhado do que eu naquela noite, em alguma pegadinha ou prova no palco. Não tive sucesso.

O desfecho do caso acabou sendo protocolar: retornei a ligação para o fulaninho policial, pedi para que ele providenciasse um guincho, tudo ok, pelo jeito ele era mesmo da polícia. No dia seguinte, fiz o B.O. e, logo depois, fui pegar o Fusca Bege no pátio. O carro estava amassado, com o câmbio todo detonado, dava pena. Segundo o delegado, os ladrões roubaram o Fusca Bege pra zoar e fazer festa, após uma madrugada de muitos delitos, *drugs*, rachas e *pagodón*. Triste fim de noite para um senhor carro.

Ou não.

Ele podia ter tido seu jantar de noivado interrompido por uma amalucada. Depois, talvez, teria tentado explicar para a noiva quem era a tal sicrana. Ou então, ter participado da briga pós-noivado mais *express* do sul do mundo.

Xuxa, Disney e eu

Em uma época em que não havia mais do que três canais na TV e não existia esse lance de internet, o programa da Xuxa e os desenhos da Disney eram boa parte da minha distração midiática. Nos anos 1990, eu e toda a garotada também assistíamos a muita novela, o *Jornal Nacional* definia o horário do jantar e *Os Trapalhões* era o clássico dos domingos. Mas o que era mesmo de criança e que eu curtia a valer era o *Xou da Xuxa* e os desenhos do Pateta que meu pai alugava na videolocadora (RIP).

A rotina matinal que eu tenho na minha memória era a de ser acordada pela minha avó e ir para frente da TV com meu pompom de crepom para esperar aquela espaçonave rosa (???) chegar. A Xuxa cantava a música do Índio, dava um "oi, galeeeera" e depois convidava um mordomo com uma bandeja de frutas para entrar no palco. Era o café da manhã "xenxaxional" da Xuxa. O pão podia ser seco, a uva podia ser murcha, mas eu ficava maluca em um dia ganhar um morango daquele café. Não rolou, nunca pisei nos estúdios da Rua Saturnino de Brito, 74, Jardim Botânico, Rio de Janeiro.

Com a Disney, a história foi um pouquinho diferente. Além de ver os filmes, sempre sonhei em visitar os parques. Aos 13 anos, tive a oportunidade de conhecer o Castelo da Cinderela. A experiência foi completamente imersiva, com direito a orelhinha da Minnie, caderno de autógrafos, camiseta do Pato Donald comprada nas lojas da International Drive e um Mickey gigante pra levar a tiracolo no avião. Estava oficializado ali um amor àquele universo de magia, imaginação e muito sorvete de Mickey. Eu tinha certeza que voltaria ali mais vezes, ah! se voltaria...

Não só voltei, como fui trabalhar lá. No auge dos meus 19 aninhos, fui funcionária Hollywood Studios e trabalhei como atendente de loja, vendedora de pins, entregadora de cadeiras de rodas de aluguel e organizadora de pelúcias nos quiosques. Eu era realizada com aquele trabalho, quase saía cantando no meio do expediente, tal como nos musicais (talvez porque estivesse acontecendo, de fato, ali do lado da minha loja, um musical).

Naquele ano, corria o boato de que a Xuxa estava visitando o complexo Disney. A brasileirada que, assim como eu, trabalhava nos parques estava amalucada. Todo dia era um que ajudava a Xuxa com as compras, outro que havia liberado a fila, um sicrano tinha oferecido uma *Turkey Leg*. Eu não conseguia entender tamanha comoção. Fazia uns dez anos que a Xuxa não tinha mais o programa, ela já era uma mãe de família e todos nós éramos marmanjos adultos, não é mesmo?

Eis que, ao final de um dia de trabalho, a minha *roommate* Pri chegou ao quiosque em que eu estava trabalhando e disse: "Sandra, a Xuxa tá ali naquela loja!". Gelei. Em algumas frações de segundos, lembrei das minhas manhãs em São Vicente, da minha avó, do pompom, da galocha que eu fingia ser uma bota branca, das músicas-chiclete, da boneca de chuquinhas que ganhei no meu aniversário, de *Lua de Cristal* no cinema. Não pensei duas vezes: mandei um *"I'll be back!"* pro meu colega de trabalho gringo, saí correndo para pegar a minha máquina fotográfica analógica e fui em direção à loja. De uniforme e tudo.

Quando eu a vi, fiquei paralisada – ela realmente existia. Alta, loira, calças *destroyed*, uma menininha do lado, só podia ser ela mesmo. Eu só tive força de pedir uma foto. Meio a contragosto, sob reclamações de uma Sasha cansada de brasileiros atrapalhando sua curtição, Xuxa parou, deu um meio sorriso e posou para a foto. As minhas amigas, a Xuxa, a Disney e eu, abraçadas, fomos imortalizadas em uma foto que eu só veria algumas semanas depois, ao revelar aquele filme.

Terminei o expediente daquela noite com um sorriso tonto e voltei flutuando pra casa. Ao dormir, a mini-eu dentro de mim pensou que, nos seus sonhos de criança, aquela foto valia bem mais do que mil morangos do *Xou da Xuxa*.

Valeu a espera.

A incrível viagem para dentro do armário da infância

Eu não sei você, mas muitas das tralhas acumuladas desde os tempos de menina até o início da fase adulta ainda estão na casa dos meus pais. Foi como se, ao sair de casa para fazer o meu mestrado, eu começasse uma vida do zero, só com algumas roupas, *tupperwares* e livros. Teve uma questão prática: não havia espaço útil para caber caderninhos de beabá no armário duas portas do quarto em Curitiba. E também foi uma forma – bem indireta, diga-se de passagem – de deixar aos meus pais um pouco de mim no espaço que ficou da convivência perdida.

Fazia tempo que eu pensava em fazer um inventário do que ainda havia sobrado no quarto usado até os meus 22 anos. Sempre fui do estilo acumuladora, daquelas que guardava o *ticket* de cinema para o filme *Titanic* ou a lembrancinha da primeira eucaristia da Carla (?). Ao longo dos anos, porém, fui fazendo uma boa limpa nesse armário, inclusive jogando fora as sete agendas abarrotadas de lembranças guardadas entre o ginásio e colegial. Até hoje, não sei como não derramei nenhuma lágrima depois de tamanho desprendimento.

Com o pretexto de ajudar a organizar os armários da casa de Campinas, na semana passada iniciei uma viagem rumo ao passado. Foi quase um domingo inteiro só olhando para dentro de cada pasta, álbum e caderno. As caixas organizadoras ficaram de lado e o *spray* higienizador com álcool foi esquecido no canto com tanta distração nostálgica. O meu máximo foi fazer uma triagem, vendo o que prestava dos cacarecos: fotos impressas dos Backstreet Boys às custas de muita tinta colorida da impressora matricial (fica), chaveiro do Puff (fica), conchinhas de praia (lixo), bilhetes de papel trocados durante as aulas de faculdade (lixo), uma lunetinha para ver uma mini foto tirada com minha avó e meu irmão (fica, fica e fica). Deu saudade desse dia no circo.

Por anos a fio, fui uma colecionadora compulsiva e, ali, revisitei cada uma delas. Da coleção mais básica de papéis de carta, passei pelos cartões telefônicos, até as excêntricas coleções de fotos 3x4, de santinhos e de adesivos de frutas. São coleções esdrúxulas, interrompidas há anos, mas como colocar para reciclar os santinhos de 1967 ou jogar os adesivos de maçãs tailandesas? Não tem como, elas me trazem risos e, segundo a Marie Kondo, esse é um bom motivo de elas ficarem.

O reencontro com as leituras de antigamente foi um capítulo à parte. Separei os gibizinhos da *Turma da Mônica* para reler, achei metade das edições da "enciclopédia ilustrada do estudante" que tanto me ajudaram nos trabalhos da escola (a outra metade deve ter mofado), encontrei os contos de fadas de Perrault da década de 1960 e os livros *Uma história por dia* meio detonados pelo tempo. Esses últimos, lidos pela minha mãe antes de dormir, foram os grandes responsáveis pelo início do meu amor à leitura. Merecem uma nova encadernação.

Em uma das pastas, no fundo do armário, encontrei uma preciosidade. Desenhos feitos por mim, uns dos poucos que ficaram, de mulheres com olhos de botões e cabelos com linhas de costura. Eu tinha uns dez anos e usava a maquiagem da minha mãe para enfeitar essas mulheres, cada uma com nome (Mary, Juliani, Helen) e estilos próprios. Ao pegar na mão aqueles sulfites, eu me lembrei do processo de escolha dos botões, das linhas, da harmonização da maquiagem com a roupa do torso. De certa forma, a manifestação do feminino e do artístico em mim começou com esses desenhos. Hoje vejo que essas mulheres sempre estiveram por aqui, me fazendo companhia, ainda que tenham ficado adormecidas por muito tempo.

E o saldo da organização? Uma caixa de brinquedos a ser doada, duas bonequinhas da Coleção Moranguinho para minha sobrinha, um saco de papéis enviados à reciclagem, um desenho das Minhas Mulheres a ser emoldurado e colocado no meu espaço de trabalho, além de muito repertório resgatado desse passado, prontinho para se conectar com o meu eu do futuro.

As vidas secretas por trás dos crachás

Quando eu fui estagiária, há quase vinte anos, trabalhei em uma sala ocupada por uns cinco caras. Um deles era o Zé Oswaldo, homem de sorriso solto e contador de causos. Não me lembro se ele era engenheiro ou administrador, se tinha muitos clientes ou se gerenciava bem equipes. Mas uma coisa eu não me esqueci sobre ele: o Zé era um criador de sacis.

A princípio, eu acreditava que aquela conversa era o típico trote pra fazer a estagiária de tonta. Com o passar das semanas, ele prosseguia no papo do saci não só para mim, mas também para serventes e gerentes, o que me fez crer que tudo aquilo era verdade (?!). A cada almoço de equipe, ele falava sobre a Associação Brasileira dos Criadores de Sacis (da qual ele fazia parte), descrevia o habitat dos sacis-pererês, relatava como eles eram farristas. Por ter tantas histórias sobre saci, o Zé Oswaldo até foi convidado para ir ao *Programa do Jô*. Lembro com saudades dos almoços regados a folclore e perguntas sobre a feição dos sacis-fêmea.

No último banco que trabalhei, havia um mágico na equipe. Além de prever o futuro, indicando se o fulaninho iria ou não pagar o financiamento do carro usando modelos estatísticos, o Juca sabia dos truques com baralhos e fazia aparecer moedas das orelhas dos analistas. Vira e mexe ele dava uma palinha dos seus números ilusionistas. Mas a minha mágica favorita era a de ele tornar o ambiente de trabalho mais leve ao contar piadas, outra de suas vocações, em reuniões ou na conversa de corredor. Mesmo que houvesse controvérsias sobre a qualidade delas.

Por sorte minha e dos demais colegas, Zé e Juca falavam abertamente sobre seus obbies e deixavam isso chegar ao dia a dia corporativo. Eles, de certa forma, haviam saído do "armário" da suposta seriedade e sisudez do ambiente de trabalho. Ao assumirem seus interesses peculiares, eles mostravam que era possível sim falar de outros assuntos fora os desafios corporativos. Além de provarem a existência de uma vida fora das catracas das empresas, e dentro deles.

No entanto, há as pessoas que não chegamos a conhecer de fato. Quantas vidas secretas se escondem por trás dos crachás dos nossos colegas de trabalho? Pode ser que houvesse uma DJ ou um escalador de montanhas naquele comitê de produtos. Ou ainda uma nadadora de águas abertas, ou tocador de ukelele na equipe de TI. Aí eu me pergunto: quando é mesmo que deixamos de ver quem são as pessoas que trabalham com a gente? Ao fugir do appy our, preferir almoçar sozinho ou ter preguiça de falar com as pessoas? Ou seria quando as vemos como matrículas e estatísticas?

Nunca é tarde para a gente tentar corrigir essas assimetrias de informação. Por quase quatro anos, a Géssica foi minha colega de trabalho no banco e eu não sabia que ela era uma artista, excelente desenhista, dona de um traço cheio de personalidade. Era muito talento artístico para ficar estacionado em uma baia. A Géssica acabou saindo do banco e hoje tem seu próprio estúdio de tatuagens. Ela espalha seus belíssimos desenhos por braços, costas e pernas que sairão por esse mundo afora. Eu e a Géssica nos tornamos amigas pelo Instagram, nos identificamos como artistas, até trocamos ideias sobre futuros projetos.

E foi o desenho dela que me inspirou para essa crônica de hoje.

Tô ficando velha, Jorge

— Sabe Jorge, um dia desses ouvi a estagiária do Contas a Pagar comentando que não tinha passado no exame da autoescola para tirar a carteira de motorista. Ela contou que fez choros e beicinhos, mas não teve jeito: o fato era que ela não só deixou o carro morrer, como também os "milão e pouco" do curso, fora a chatice daquelas dez horas intermináveis do lado de um instrutor calado, enjoado, mal-amado. "O que será de mim agora Lia, será que um dia vou poder dirigir?", me perguntou a aprendiz dos *excel* corporativos. Fiquei com essa história indo e voltando na minha cabeça, parecia um pêndulo de hipnose, Jorge.

— (...)

— A partir daí comecei a pensar, Jorge, que hoje em dia eu fico preocupada com a xenofobia na Europa, evito os demoníacos óleo de palma e glúten para poder viver mais, fico tentando me agarrar no meu emprego mega.blaster.sem.sal, posto minhas fotos de corridas no *Face* tentando fingir que hoje é mais *cool* ser uma *Sporty Spice* que ser uma *Ginger Spice*, tento esquecer que perco 125 minutos diários no trajeto casa-trabalho-academia-casa, suo frio ao pensar no aquecimento global... E a garota se preocupando por não ter passado na prova para ser mais uma motorista barbeira das ruas de metrópoles brasileiras.

— (...)

– Foi aí que comecei a pensar que já se passaram mais de vinte anos que tirei a minha carteira. Vinte anos que eu tive esse tipo de "problema"! É tempo pracaráio, tô ficando velha, Jorge. Pensa só: nesses anos todos podia ter tido três filhos que seriam hoje pré-adolescentes-irritantes-crescendo-em-tempos-de-*tiktok*. Podia ter feito um doutorado e pós-doutorado na terra da Rainha e dava para ter feito uma meia dúzia de viagens sabaticais. Dava pra ter criado minha própria rede social e ter me tornado CEO bilionária com 31 anos ou ainda podia ter ido pro Sudão e ter virado uma ambientalista que protege os gorilas da montanha. Mas não! Não fiquei nem no feijão com arroz, Jorge. Fiquei no miojo com temperinho de frango caipira.

– (...)

– Toda essa frustração me fez dar uma olhada na minha CNH, Jorge. Queria ver se na foto da balzaquiana do documento ainda havia pelo menos o olhar daquela menina de antes, com a mesma ingenuidade da @vidadeestag99. Não vi nada disso, Jorge, só vi olheiras da insônia que me vem visitar vez ou outra, e as linhas de expressão ganhando a batalha frente ao botox vencido. Pra completar, reparei que minha CNH estava vencida desde janeiro. É pra acabá com a minha sanidade, Jorge!

– (...................)

– Pô Jorge, tô aqui praticamente vomitando toda essa insatisfação, desilusão e desapontamento, e você não me fala nada, não fala um "a" pra me animar?

– (...) Como é que você deixou passar o prazo da renovação da carteira? É muito lesada mesmo.

Calcinha bege

1.

Tá decidido, eu serei "A" *femme fatale* da festa, só não usarei calcinha pequena. A *Nova Cosmopolitan* prega que é imprescindível usar calcinhas micro na conquista do macho alfa, mas não consigo suportar aquele fio na bunda. Tentarei deixar de lado, por um tempo, os meus encontros incendiários com o Kundera-Kafka-King, vou esconder meu disco do Leo Jaime no armário e minhas camisas *wannabe hipster* vão pro Enjoei (a Janete do Contas já protestou contra elas). Já as calcinhas-boxer, forma moderna de dizer calçola, serão mantidas.

A festa de fim de ano da agência presenciará o surgimento da minha nova versão. Vou beber *drinks* com *Curaçau Blue*, dançar Macarena e quero chamar a atenção do Roberto, o novato da área de Custos. Para isso, quero comprar um tubinho preto na Rua XV e usarei aquela sandália da formatura pra crescer uns dez centímetros. Meu cabelo tá grande e vou esticá-lo ainda mais na escova. O Betito, apelido que darei a ele quando nos casarmos, há de sacar que eu tenho curvas, altura, cabelão. Não serei mais a esquisita. E ele nunca vai reparar que a calcinha escolhida será aquela bege de estimação, é óbvio.

2.

Senhor, o que aconteceu com aquela guria do RH? Sempre bonitinha, esperta, peitos empinados, colágeno a rodo. Olho para ela e sinto saudades dos meus 25. O problema dela é perder tempo no café com livros estranhos e ter um estilo de *nonna*, usando umas camisas largas, total esquisita. De certo, deve usar calcinhas beges. Mas justo na festa da firma ela me aparece de vestido justo, salto paniquete e cabelo liso?! Até parece que não lê *Você S/A*.

Deve ter homem nessa história, isso é sinal de amor de pica. Será que o alvo é o Roberto Lima, o bonitão de Custos? Esse aí tem jeito de safado, deve ter até mulher, pelo jeito a guria não tá nem aí. Ou não sabe. Bora ver essa festa pegar fogo, vou apresentá-la ao rapaz e garantir a fofoca de amanhã. A vida anda chata lá no Contas a Pagar.

3.

Caralho, que noite. Do nada, a Janete do Contas me apresentou àquela guria. Não prestei atenção no nome. Era gostosa, adoro mulher de tubinho preto. E ela parecia feliz, nem parecia que tava em uma festa corporativa. Chamei-a pra dançar um forró. Deu um *match* ali. Conversamos sobre música anos 1980, adoramos *A vida não presta*. Quando a luz acendeu, eu quis mais. "Quer uma carona?". Nos beijamos no carro e subimos pro apê dela.

Ao apertar sua bunda – surpresa! – uma calcinha gigante. Seria bege, como da vó Neusa? A imagem me causou arrepio, perdi toda a animação. Resolvi acabar logo aquela história com a esquisita, mas não deu tempo. A guria vomitou azul, em cima de mim. Deve ter sido o *drink* nojento que ela tomou. Em seguida, começou a chorar e pegou no sono quando terminei de limpá-la. Era hora de vazar. Na sala, achei uma outra toalha, me limpei. Ao olhar a estante de livros, os vários exemplares do Stephen King, meu preferido, me chamaram a atenção. Abro *Carrie a Estranha*. Há um carimbo na página um. "Esse livro pertence à Lia, que ama as boas histórias". Fiquei com vontade de perguntar a ela sobre sua «boa história» favorita.

Hoje, assino Betito nos cartões de amor.

O bigodinho

Essa mancha não estava aí ontem. Ou ao menos não estava assim reluzente em cima do meu lábio, tal como a penugem do meu irmão imberbe nas fotos da primeira comunhão. Essa mancha, doravante "o bigodinho", deve ter se aproveitado da correria do dia a dia que me faz lavar o rosto de olhos fechados e me maquiar no tempo de um sinal vermelho para ir se pigmentando aos poucos, traiçoeiro. Segundo o Google, o bigodinho, que nas bocas dos dermatologistas tem o nome mais técnico de melasma, costuma ser mais resistente aos raios *lasers* que qualquer Jedi. Constato que ele reinará para sempre aqui no meio da minha fuça, dando uma sombreada onde só deveria haver brilho.

Eu já tinha as minhas sardas, elas não seriam suficientes para dar uma estampada na minha cútis, dar uma quebrada no monocromatismo? Com elas, confesso, eu já tinha me acostumado. Estava até lidando bem com o comentário clichezão de pessoas que acham as minhas sardas um "charme", me lembrando das famosas sardas da Malu Mader. Eu me calo, tento me convencer que não é apenas saudosismo dos anos 1980 e busco beleza em manchinhas aleatórias espalhadas pelo rosto. E você, bigodinho, qual beldade te exibe com orgulho? Não consigo me lembrar de nenhuma *Caras* exaltando essas manchas em Sandys, Grazis ou Paolas.

Por que é mesmo que fui parar para me olhar no espelho nesta manhã? Esses momentos de ócio e descanso no sábado dão nisso. Descubro um novo gatilho para o meu martírio de culpa diária e me ponho a pensar sobre o motivo de tomar hormônios diariamente, de não repassar o filtro solar as 45 vezes recomendadas pela revista *Nova* e de não ter começado a cuidar da pele aos 10 anos em vez de pular elástico. Se eu fizesse tudo isso e ainda cursasse um MBA em Oxford, pulasse corda todos os dias, cantasse em francês, comesse chia, me engajasse em filantropismo nas Filipinas, aposto que, no alto dos meus 34 anos, teria o mundo sob os meus pés e, sobretudo, sem o bigodinho.

Resignada, desisto de perguntar ao deus Apolo o porquê do novo adorno. Se o rosto limpo te denuncia, a base mate te esconderá. Lançarei mão do batom carmim para holofotear o meu sorriso e a dupla delineador & rímel serão meus *besties* a partir de hoje. Eu e minha *make* formaremos uma coalizão secreta de ocultação do bigodinho, pois ele pode até ser parte de mim, mas ninguém mais precisa saber disso. Melhor é se preocupar em comer quinoa e aprender sobre *Bitcoins* para a gente poder conquistar o mundo antes dos quarenta. Assim será mole te esquecer, bigodinho.

O javaporco do ex-padre

O trajeto do aeroporto até a minha casa é longo. Se a gente for medir o tempo por quantidade de histórias que um motorista de Uber falador consegue contar, posso dizer que dá para escutar resumidamente uma vida e ainda há espaço para a seção de perguntas e respostas. Foi mais ou menos o que aconteceu naquela noite. Eu estava cansada, não me lembro de onde voltava, talvez de São Paulo. Sei que era pré-COVID-19, pois logo ao entrar no carro, já me encostei na porta para tirar uma soneca (sem ter usado álcool em gel antes).

O rapaz que conduzia o carro era loiro e jovem, não devia ter mais do que 30 anos. Pelo sotaque, meu marido rapidamente reconheceu que se tratava de um catarina e perguntou de onde ele era. Joelson disse que era de São Miguel da Boa Vista, pertinho de Chapecó. "Você é Chapecoense ou Atlético Clube Chapecó?" e os dois homens do veículo já se divertiam com o papo de futebol.

Meu marido tinha essa habilidade de conquistar a simpatia dos ubers e extrair suas melhores histórias. Na terceira pergunta, Joelson confessou que havia sido padre há alguns anos. Ao ouvir aquilo, meu sono passou. "Fui enviado em missão pra tudo quanto é lugar: Belém, Salvador, Corumbá. Mas era uma vida difícil, morei até em casa sem laje. Deuzolivre, não aguentei não, xispei!"

Joelson disse que, ao largar a batina, resolveu se estabelecer em Curitiba após um tio o convidar a morar em sua casa. Nesse meio tempo, o ex-padre conheceu uma mulher que, em seguida, se tornou sua esposa. "Mas senhor, pense que a Cleusa, minha esposa, também era da vocação!". Hein?!? "A Cleusa foi freira, rapaz!". Alguns segundos de silêncio depois, foi inevitável a gente soltar um "você só pode tá zuando!". Joelson acrescentou: "A minha mulher, ela apavora, cuida muito bem de mim. Toda mulher deveria ser freira por um tempo".

Joelson continuou a história. Disse que trabalhava como Uber, mas seu sonho era morar em Pernambuco, perto da família da esposa. "Pra ir pra Recife, preciso de dinheiro. Além desse carro, eu tenho um pedacinho de terra em Jaraguá do Sul, onde eu tenho uns porco". "Mas a minha ideia é comprar um javali para começar a criar uns javaporco". Moço, mas existe isso? "Capaz que sim, é só misturar os dois".

Depois do javaporco, Joelson disse que ia criar umas cobras-coral e jararaca para produzir veneno ("ouvi dizer que dá muito dinheiro") e umas ovelhas ("para produzir queijo em até cinco anos").

Ao me deitar na cama naquela noite, fiquei pensando se o javaporco era mais porco ou javali. Googlei e, ao ver umas imagens, pude dormir mais tranquila.

As reviravoltas de se mudar de profissão

Dava pra dizer que a minha vida profissional era bastante satisfatória: eu era gestora de equipes havia dez anos, trabalhava na minha quarta empresa no setor financeiro, meu salário e benefícios me deixavam tranquila ao fim de cada mês, ia a pé para o meu trabalho em São Paulo (sonho!), atuava na mesma área já tinha um bom tempo. Aliás, estava tudo dentro do programado. Quando me formei em Economia, na metade dos anos 2000, achava que me satisfaria em ter uma carreira executiva e de poder usar sapatos de salto fino no ambiente de trabalho. Fiz *"check"* para os dois objetivos. Mas o tempo é um senhor levado e nos prega algumas surpresas: os bancos já não pedem mais *scarpins* no *dress code*, e o mundo corporativo não foi o "bicho" para mim.

Comecei a perceber uma falta de encanto das minhas horas, sobretudo as passadas no trabalho. Mesmo tendo as melhores condições e oportunidades para desenvolver projetos, me relacionar com pessoas diferentes e ser estimulada a fazer o além, faltava alguma coisa. Muitas coisas. Sentia falta da naturalidade para tornar aquilo parte de mim. Pode parecer um papo um tanto quanto etéreo, mas a minha teoria é a de que quando sua alma murcha dentro da esfera profissional, vai ser muito mais complexo e extenuante gerar aquela faísca de energia capaz de motivar as pessoas do seu time, impressionar o seu chefe, de te fazer ir atrás de soluções mirabolantes para problemas impossíveis. Eu me sentia morna em um mundo bege.

Em 2019, uma conjuntura de fatores tornou possível a loucura de recomeçar. Eu havia conseguido a cidadania italiana, a minha família tinha o desejo de imigrar para a Europa, havíamos feito um planejamento financeiro para viabilizar um período sem renda. Pronto, estavam montadas as peças para fazer funcionar essa geringonça chamada "período sabático".

O plano era simples: ficaríamos alguns meses aproveitando as passagens *low-cost* e os países europeus, em seguida a gente se fixaria em Portugal para procurar emprego e um novo lar. E assim foi, venci o meu medo do incerto e pedi demissão, meu marido fez o mesmo e embarcamos em dezembro para a França, nosso primeiro destino. Foi um bom momento de curtir o presente. Apenas estudar francês, sentir os aromas nas *fromageries*, assistir a filmes *cult* no meio da tarde, flanar pelas ruas, tentar absorver por osmose a cultura francesa por meio de seus cafés, livrarias e caves.

Quando íamos começar a vida de verdade em Lisboa, a realidade da nossa completa falta de controle sobre as variáveis do cosmos deu as caras antes. A COVID-19 bagunçou todo o planeta e não fez diferente com a gente. Depois de avaliar que ainda não tínhamos casa, trabalho e rede de apoio em Portugal, decidimos voltar a Curitiba para passar a quarentena em *terras brasilis*. A quarentena virou duzentena e todo mundo já conhece esse causo. Se antes eu só tinha incertezas e um plano vago, agora eu só tinha incertezas, nenhum plano e um vírus amalucado amedrontando o cotidiano confinado.

Entremeando toda essa história de mudança, vivenciei um reencontro. Há uns três anos, redescobri uma antiga alegria de infância, Escrever. Aqui eu faço uso da liberdade poética pra usar a maiúscula na grafia das palavras "Escrever/Escrita". Isso se deve à reparação histórica que eu faço agora em decorrência aos muitos anos de negligência a esse prazer na minha vida. Quando criança, eu Escrevia cartas para amigos em vários cantos do mundo, uma espécie de diário espalhado pelos continentes. Mas esse regalo foi sendo deixado de lado para o pragmatismo da monografia, da dissertação de mestrado que quase ninguém leu, das atas de reuniões já esquecidas, dos e-mails supérfluos.

Nesse reencontro, fui lançada ao oceano das crônicas, das poesias, da literatura infantil. E foi como abraçar um velho amigo, depois de longo exílio. Para mim, Escrever é como costurar uma colcha de retalhos, um eterno escolher e montar de palavras para mostrar ao mundo quem a gente é e o que a gente quer dizer. E é isso o que eu desejo fazer nessa nova fase da vida. Quero poder Escrever histórias minhas, mas também histórias de outras pessoas.

Não posso dizer, sob hipótese alguma, que me arrependi das escolhas feitas até hoje. Foram justamente elas que me fizeram aprender mais sobre a vida e me fizeram conhecer pessoas que me ajudaram a construir essa versão de mim mesma, alguém com mais consciência sobre as minhas potencialidades, fraquezas e aptidões. Se essa nova etapa será bem-sucedida? Não sei. Na verdade, o que seria "bem"? E "sucedida"? Mas que dá um frio na barriga, ooôô se dá!

Minha esperança é a de que esse mergulho em novos mares me torne mais interessante, justamente por me propiciar falar e Escrever sobre novas experiências e superações. Ou, no mínimo, espero que me faça perder, enfim, o medo de mergulhar.

Toda vida merece um livro, pois

Ao saberem das minhas novas aventuras no ofício da escrita, uns amigos me emprestaram livros sobre o ato de escrever. Um deles me chamou a atenção. Podia ser porque se tratava de um livro do Mario Vargas Llosa, o que aumentaria ainda mais a pertinência das orientações. Ou quem sabe fosse o título, *Cartas a um jovem escritor*, o que tornava o livro mais simpático ao tratar o leitor-escritor como jovem (amei!), ou mais próximo, a ponto de me sentir benemérita de receber cartas do Vargas Llosa.

Nada disso, o que me captou mesmo foi o subtítulo: "Toda vida merece um livro".

Ainda não comecei a leitura, nem sei se o Vargas Llosa contextualiza essa citação ao longo das suas missivas. Mas essa frase, usada à exaustão nas conversas populares e, pelo jeito, junto aos vencedores do Nobel de Literatura, me fez lembrar da Dona Filipa. Essa personagem, de nome fictício (por motivos de não lembrar seu verdadeiro nome), foi colega de um curso *on-line*, de Portugal, que fiz no início da quarentena. O tema das aulas era "Como publicar meu livro".

O curso se destinava às pessoas que já tivessem seu livro escrito e quisessem vê-lo publicado no mercado português. A professora, uma profissional experiente do mercado editorial, dava dicas e macetes para poder enviar manuscritos, montar sumário de projetos, ensinar a abordar os editores. Missão complexa, considerando que 45% das vendas de todos os livros em Portugal se concentravam em uma única cidade, a capital Lisboa, com seus parcos 500 mil habitantes.

Volto agora à Dona Filipa. Ao ser questionada sobre o assunto de seu livro, Filipa disse querer escrever um livro sobre sua vida. Nada de errado até aí, a professora argumentou, inclusive muita gente lança autobiografias e as publica de maneira independente para dá-las a parentes e amigos. A questão é que Filipa queria vê-lo publicado em uma "editora parruda, pois". A professora, delicadamente, perguntou a Sra. Filipa o que havia de tão especial em sua vida para que virasse um livro. Minha colega, então, se estendeu por vinte minutos explicando como havia trabalhado em todas as colônias portuguesas, como era uma professora querida pelos alunos, como havia cuidado dos pais quando eles adoeceram, como foi conquistando amigos por todo Portugal.

Após me deleitar com aquela overdose de sotaque lusitano, fiquei apreensiva esperando o comentário da professora. Como dizer, de maneira elegante, para uma pessoa: "olha Fulaninha, parabéns por sua vida sen-sa-ci-o-nal, mas ninguém pagaria 20 euros pra ler uma história que poderia ser a da Francisca ou do Martim, ou seja, igual e ordinária como a de todo mundo". A professora, usando o estilo direto e reto dos europeus, comentou que a história podia ter um significado para ela, mas os editores esperam autobiografias de pessoas com grandes feitos e conquistas admiráveis, como os da Michelle Obama ou da Malala, entende?

Dona Filipa ficou calada alguns instantes, tocou seus cabelos curtos e moveu sua cabeça para baixo. Quando eu achei que Dona Filipa se daria por vencida e pediria dicas de como se autopublicar na Amazon, ela se endireitou na cadeira e disse à professora: "Pronto, tu bem que podias ser minha editora e me publicar na casa em que trabalhas, o que achas?".

Esse episódio, a princípio recheado de constrangimento, voltou à minha mente com uma nova roupagem. Dona Filipa devia ter recebido as mesmas cartas encorajadoras do

Vargas Llosa e seguido à risca a máxima de que sua vida era sim digna de um livro. Fiquei então imaginando o quão incrível deve ser chegar aos finalmentes da vida e ter orgulho de sua trajetória.

Dona Filipa, me avisa quando seu livro for lançado aqui no Brasil?

O velho e o cigarro

Em uma das minhas caminhadas pelo bairro, absorta em pensamentos como "o que tem na geladeira pro almoço?", "qual filme vou ver à noite?" e "será que vai chover?", acabei reparando na figura de um velho numa pracinha.

Era uma praça sem graça e, no meio dela, havia um espaço de areia suja, um escorregador de cores desbotadas pelo tempo e um trepa-trepa com barras enferrujadas. O mato ao redor da praça estava crescido por conta das últimas chuvas. Para limitar a área da pracinha, havia duas ruas paralelas, uma delas bastante movimentada. Nos outros dois lados, tinha um muro pichado com a frase "andamos muito parados" e, na outra extremidade, um banco onde o velho estava sentado.

O velho estava sozinho. Ele se sentou na borda do banco, com a parte superior das suas costas tocando o encosto e suas pernas estavam esticadas. A perna esquerda estava sobre a direita e as pontas dos pés apontavam o céu. O senhor usava uma camisa branca, calça social gasta e sapatos com vincos.

O velho fumava um cigarro. E só.

Ele parecia realmente estar saboreando os minutos daquela manhã de domingo. Nada parecia incomodá-lo. O velho não tinha um celular na mão conferindo um *tweet* ou *post* de redes sociais. Não ouvia música ou *podcast* de política. Não sentia medo da COVID-19, afinal de contas, ele nem máscara estava usando. Receio de ter um enfisema pulmonar, pode ser que ele também não tivesse. Nada de criança para tomar conta no parquinho ou cachorro para esperar fazer cocô. Ele olhava o muro pichado, tragava seu cigarro e aproveitava a sombra da quaresmeira. Ele estava ali e nada mais.

Ao olhar o velho, percebi nele algo que há um tempo eu procuro.

Inspirei o ar e continuei a caminhar, dessa vez, sem pensar em nada.

O carro do sonho

Para quem não é de Curitiba, o carro do sonho pode remeter a uma ideia de consumo, desejo, projeção ou até de necessidade. Afinal de contas, muita gente ainda idealiza um possante para chamar de seu. Para os moradores da capital paranaense, entretanto, o "carro do sonho" é uma confeitaria ambulante, que dispõe seus doces no porta-malas de um veículo e sai pela cidade anunciando seu cardápio por meio de uma caixa de som.

O carro do sonho não tem nenhum cardápio dos sonhos. Tem o sonho de nata, creme, doce de leite, goiaba. Não houve nenhuma inovação de sabores ao longo dos anos que eu venho acompanhando o empreendimento. Nada de sonho *fit*, sonho proteico, sonho sem glúten ou *light*. É um doce "raiz", composto pelos cavaleiros do apocalipse das dietas: açúcar, lactose, farinha branca e gordura. Uma iguaria que não se rendeu à onipresente preocupação com as calorias.

Inclusive, até a gravação é a mesma. Há quinze anos eu moro em Curitiba e durante todo esse tempo, a gravação é sempre de uma voz masculina, o mesmo texto, o sotaque curitibaníssimo. Ao chegar à cidade e ouvir a locução do carro do sonho, eu compreendia, por fim, que estava longe de casa. Na Campinas da infância e adolescência, ninguém sabe o que é sonho de nata ou fala a palavra "do-ce-de-lei-te" pronunciando todos "e"s, tal como a gente aprende na escola. Na nova cidade, não existia o "docidileiti" e nem uma porção de outras referências familiares. Eu precisava aprender a ser a forasteira.

Depois de uns anos fora de Curitiba, voltar e escutar o carro do sonho novamente foi como um sopro de nostalgia. O Brexit foi aprovado, o Trump entrou e já saiu, a Notre-Dame queimou, o Bolsonaro infelizmente está aí, o COVID-19 deixou o mundo com medo e, apesar de tudo isso, a locução do carro do sonho ainda ecoa nas ruas curitibanas. A humanidade inventou o e-commerce, o WhatsApp, os *stories* do Instagram, os tiktokers e suas dancinhas, os *influencers*, mas o que funciona para o carro do sonho é o som da locução chegando na "freguesia". Aliás, quem ainda usa a palavra freguesia?

Algumas coisas vão definhando até desaparecerem por completo das grandes cidades: a tia do carrinho de Yakult, a vizinha que vende Avon, a carriola do amolador de facas, o sorveteiro com aquele apitinho chamando a criançada que brinca na rua. Mas, aqui em Curitiba, o carro do sonho resiste.

Só falta eu, enfim, comprar um sonho para chamar de meu.

PARTE II: LONGE DA VARANDA

Dia Mundial da Falta de Paz

Quando era criança, comemorar o Dia Mundial da Paz no primeiro dia de janeiro me parecia sem sentido. Além de ser o dia do aniversário da minha avó, o 01/01 era um dia que ninguém trabalhava porque, segundo a minha lógica simplória, era o primeiro dia do ano e ponto final. Hoje entendo o simbolismo e a importância de se cultuar a paz. Seria como ter a música *Amigos para siempre* configurada em formato de data.

Mas tenho uma sensação de que usamos tanto essa palavra "paz" nos nossos votos de Natal via WhatsApp e nas musiquinhas enfadonhas de Ano Novo que, quando chega finalmente "o" dia de se pensar mais no tema, ninguém aguenta mais essa ladainha. A gente quer mais é viver a vida que o ano novo promete, ou seja, outra rodada de 365 dias com confusões e desentendimentos habituais.

Nesse último 01/01, fazia um dia preguiçoso em Paris, perfeito para ficar em casa digerindo todos os excessos do Réveillon. Mas resolvi fazer um programa tão singelo quanto: fui ao cinema, com meu marido, assistir ao novo filme *Frozen* 2 dos estúdios Disney. Estavam reunidas ali todas as variáveis para se viver um momento tranquilo: feriado, filme infantil, sessão dublada das 13h00, cheiro de pipoca, crianças animadas com a expectativa de mais uma música grude, avós comprando doces, risadas com o boneco de neve Olaf.

Antes do começo do filme, eis que um burburinho começa a surgir na poltrona atrás de mim. A princípio parecia só mais uma mãe pedindo para o filho ficar quieto na poltrona. Só que o volume do falatório aumentava a cada instante. "Aff, será que aqui é comum a galera bater papo durante o filme?". Quando a curiosidade venceu a discrição, virei de costas e vi que aquilo era na realidade um bate-boca entre duas mulheres desconhecidas. Da gritaria, veio o tapa na cara, do tapa surgiram os empurrões. Barraco rolando solto. A zona só acabou quando a mais idosa das senhoras resolveu sair e foi direcionada pelo *staff* a se sentar em outra parte do cinema.

Não deu para entender muito bem o que aconteceu, meu nível de proficiência no idioma só me ajuda a conjugar verbos no passado e a usar artigos. Pelo jeito, tratava-se da senhora querendo se sentar em poltronas que estavam sendo reservadas pela outra mulher. Só sei que, naquele momento, a paz foi manchada não só para as envolvidas na briga, mas a todos aqueles que presenciaram a confusão. Para mim, uma série de sensações incômodas surgiram ao longo daquele dia, como uma pedra no sapato: e se aquele tapa tivesse machucado fisicamente a mulher? O que pensaria se o empurrão fosse dado em uma tia minha? E o que os filhos da autora da violência sentiram ao ver a mãe atacar outra pessoa em pleno cinema?

Nesse dia, mais do que nunca, o significado da palavra paz ficou mais forte por meio da sua ausência. Não como algo distante como a possível guerra entre Irã e EUA, mas por interromper e desestabilizar o espaço, a privacidade, os corpos, os sonhos, o respeito ao outro. Ali, lembrei o quão importante é cultuar o diálogo e a empatia não só no Dia Mundial da Paz, mas também nas mesas de negociação, no trabalho, nos lares, no estádio de futebol, no trânsito. Ah, e também no cinema, assistindo a *Frozen*.

Cigarros e reflexões no Café Parisiense

Um dos símbolos mais encantadores de Paris são os seus Cafés. Pode ver, em tudo quanto é guia, reportagem ou foto de blogueirinha, lá estão essas instituições do bom gosto e cultura parisiense. Um Café é o local que você toma um *espresso* sozinho, trabalha com seu computador (como estou agora), encontra seu *match* do Tinder para tomar uma taça de vinho ou pode almoçar um *plat du jour*. Eles têm um charme todo particular e se espalham por toda a cidade, sendo bem democráticos nos preços, no estilo e no público, sobretudo.

Nunca fiz uma enquete com quem vive aqui ou quem visita Paris periodicamente, mas imagino que o lugar mais charmoso de um Café parisiense seja sua parte externa. É onde estão aquelas mesinhas de metal com cadeiras de palha entrelaçada, nas quais as pessoas ficam sentadas, quase amontoadas, vendo o movimento passar. No verão, é uma delícia tomar um vinho branco aproveitando a brisa; no inverno, há os aquecedores e as proteções de vidro para bloquear o vento gelado.

Assim como o flanar é uma das atividades mais prazerosas de se fazer em Paris, ver as pessoas indo e vindo pelas ruas da cidade é um deleite puro. Ser um mero espectador desse movimento em um Café é compreender um pouco o espírito da cidade. Dá pra perceber, de uma maneira bem generalizada, que os parisienses se importam com a origem do que comem, há um cuidado especial na hora de se vestirem e as diferentes etnias e religiões se mesclam em um todo aparentemente harmônico. É como se a arte, tão cultuada ao longo dos séculos nessa cidade, permeasse cada traço de suas vidas, com uma coerência bonita de se ver.

Só que estar nesse privilegiado observatório antropológico chamado varanda do Café tem seu preço. E não são só os três euros do *café au lait*. Você, que não é fumante, é obrigado a inspirar nuvens e mais nuvens de fumaça de cigarros de todas as mesas ao seu lado. Isso porque, logicamente, esses locais "externos" destinam-se aos fumantes. O interior sem graça dos Cafés é reservado aos que não fumam. E aqui em Paris, as pessoas fumam excessivamente. Homens jovens, mulheres velhas, homens velhos, mulheres novas tragam um cigarro atrás do outro. Para quem nunca fumou e não gosta de cigarro, não me parece lógico ainda ter tanta gente manchando seus pulmões em pleno século XXI.

Isso até ouvir Isabelle, minha professora de francês, tecer sua tese sobre o motivo de tantos franceses fumarem, inclusive ela. Segundo Isabelle, fumar é uma contravenção que escancara o que é sentir a liberdade individual e francês nenhum gosta que alguém lhe diga o que fazer. Ok, entendi, tudo faz mais sentido. Para uma sociedade que lutou tanto por seus direitos ao longo da história, não deixa de ser louvável quem desafia sua própria saúde em nome do prazer de ser quem se quer ser.

Nessa lógica, os Cafés parisienses reforçam essa vontade de viver a vida ao extremo, numa busca incessante do hedonismo e da felicidade. Toda essa história me desperta a reflexão do que deixamos de fazer pensando no que é bom para os outros (e só para eles) e quais pequenas transgressões poderiam nos tornar mais próximos de nós mesmos e dos nossos sonhos. No meu caso, depois de fumar uns quinze cigarros por tabela aqui nesse Café, meu sonho urgente passou a ser lavar meus cabelos depois de tanto fumacê.

A Paris que Emily não viu

Nas últimas semanas, quando Paris esteve em um *buzz* midiático com o sucesso de *Emily em Paris*, eu me vi maratonando a série mesmo não sendo fã de seriados. Foi um entretenimento tão agradável e fácil, a ponto de me inebriar e considerar todos os clichês e omissões da série sobre a cidade que mais amo uma mera licença poética. Em nome dessa minha falta, responsável por uma espécie de embaraço interno, aproveito esse espaço para enaltecer um lado de Paris que Emily não viu (talvez por estar preocupada com seu vizinho galã): o papel protagonista dos livros na vida dos parisienses.

Dá pra reparar que os parisienses vivem a literatura pela cidade toda. Ao caminhar distraidamente por uma rua, você olha para o lado e vê uma plaquinha "aqui morou Ernest Hemingway de 1921 a 1924", mais adiante está o apartamento habitado pelos Fitzgerald, alguns quarteirões adiante está a Biblioteca Sainte-Geneviève, pertinho da Sorbonne e do local em que o personagem Gil viaja aos anos 1920 dos escritores da Geração Perdida, em *Meia Noite em Paris* do Woody Allen. Só de olhar para esses lugares a gente já se sente mais inspirado, seja para escrever um livro ou projetar um foguete, acredite em mim.

Para quem gosta de livros, uma boa caminhada pelo Rio Sena não é a mesma coisa sem dar uma olhadela nos livros usados e antiquários dos *bouquinistes*. São algumas centenas de mini livrarias montadas em pequenos espaços de metal verde, tendo como cenário a Igreja de Notre-Dame, a Pont

Neuf, a *Île Saint-Louis*... Como não se espantar ao pensar que esses espaços existem desde o século XVIII e sobreviveram às livrarias físicas, às guerras, às TVs, ao cinema, aos *smartphones* e, por enquanto, à Amazon?

De todos aspectos ligados à literatura, o que mais me chama a atenção ao estar na cidade é a quantidade de livrarias de rua. Talvez porque aqui no Brasil elas sejam raras – quase não existam mais, aliás. Por lá, são tidas como atividades essenciais ao lado das *boulangeries, pâtisseries* e *fromageries*. Tem livraria de tudo quanto é tipo: grandes, pequenas, de gastronomia, de livros para crianças, de HQs, de livros poloneses, de viagem, de livros raros, de literatura em inglês (saudade de você, Shakespeare & Co!). Eu me sinto mais motivada a aprender francês só para poder usufruir de tudo aquilo. Por enquanto, sou como as crianças que imaginam sobre do quê se tratam os livros dos adultos.

Sobre as livrarias de rua, compartilho a minha experiência pessoal. Por um mês morei em *Belleville*, um dos bairros limítrofes de Paris, no 20º *arrondissement*. Já foi o reduto de camponeses, da classe operária, dos boêmios, da Edith Piaf, dos judeus/ africanos/ muçulmanos recém-chegados à cidade e hoje, além desses imigrantes e seus descendentes, há muitos chineses. E, naquele momento, chegavam dois brasileiros para aumentar a miscelânea cultural.

Na caminhada de reconhecimento de território percebi que, em um raio de um quilômetro, havia surpreendentes três livrarias de rua. Comecei a reparar, então, que a literatura está enraizada na rotina atual dos parisienses e não só como celebração de um passado de glória. Assim como eles param para tomar café, para fumar um dos 67 cigarros do dia ou para discutir política com uma taça de vinho em um bar, eles também se detêm na livraria do bairro pra conferir os lançamentos, as indicações do livreiro deixadas em bilhetinhos nas capas dos livros ou simplesmente curtir um momento depois do trabalho.

Imagino que a vida dos parisienses deva ter suas frustrações sim, como todas as outras. Na minha visão, a principal diferença residiria no fato de eles terem uma consciência muito mais ampla do que é desfrutar os grandes e pequenos prazeres da vida, e isso faz uma baita diferença.

Um dia eu e você aprenderemos, Emily.

Couscous e Caos: desventuras de uma viagem ao Marrocos

Naquela viagem, o destino era a Península Ibérica. Exploraríamos de carro o Norte da Espanha, entrando em Portugal, para voltar a Madrid. Seriam quatro semanas de *jamón*, Goya, pastel de nata, vinhos Touriga Nacional e azulejos azuis. Mas faltava um "quê" de exotismo nessa viagem, um pouco de baguncinha, pensávamos eu e meu marido. Por que não aproveitar que o Marrocos estava ali encostado à Espanha, pegar um *low-fare* e desbravar aquilo tudo que *O Clone* deixou registrado na nossa memória jovem? Seriam quatro dias em Marrakesh dando aquele referencial para a gente contar, à nossa maneira, algumas histórias no estilo Sherazade.

A empolgação de se chegar no Marrocos deu de cara com uma fila gigantesca na Imigração, fruto da lerdeza do funcionário que folheava passaportes folha por folha. Só faltou ele erguer uma placa com os dizeres "#ficaadica", antecipando o que veríamos naqueles loooooongos dias por lá.

Nosso hotel ficava bem próximo à praça principal de Marrakesh, da qual partiam inúmeros becos e vielas que compunham o que eles chamam de *souks*, ou o mercado tradicional marroquino. Parecia uma viagem ao passado. Era tanta coisa para se ver que não dava para ver nada. Éramos constantemente interrompidos pelas mobiletes barulhentas que circulavam por onde as pessoas caminhavam (ruelas de dois metros de largura), pelas carriolas de locais carregando malas de gringos, por mulheres com suas burcas carregando sacolas de compras e pelos mercadores xaropentos. Sobre esses, posso dizer que era impossível ver algo exposto sem eles começarem com a ladainha da pechincha e não adiantava repetir 156 vezes que "não, eu não quero uma lâmpada do Gênio". Eles nos perseguiam por muitos metros, dizendo que deixavam aquela relíquia pela bagatela de 11 *dirhams* mais um chaveiro (o preço original era de 150 *dirhams*).

Não bastava a gente estar no meio daquela zona que misturava najas dançantes, edificações ocres, mau atendimento, calor de 56 graus na sombra, couscous como prato ÚNICO em TODO restaurante, vendedores nos tocando para oferecer o cardápio. Queríamos mais, tínhamos que ter uma experiência de nômades do século III, andando em camelos, vivendo em tendas no deserto, usando turbantes, ouvindo histórias de Aladim e sultões, contando 1875 estrelas em um céu que imaginávamos que seria o mais lindo de todos. Assim partimos para Zágora, uma cidade que ficava a 300km, e seria o nosso ponto de partida para a estada no Saara. O meu raciocínio dizia que aqueles quilômetros seriam equivalentes a umas quatro horas de viagem, parando pra almoçar e fazer xixi. Pois naquela estrada marroquina houve o milagre da multiplicação de horas. Foram nove horas de uma estrada com muitas curvas, trechos em obras com poeira e tudo isso com um "aaaaaaiaaaaaa iaaaaiiiiiii-aaa" de músicas árabes cantadas por mulheres desafinadas. Não sei como sobrevivemos.

O legal é que, a partir daquele momento, iríamos esquecer de todo tempo no carro e andaríamos com nossos camelos. Depois de quase 50 minutos de andança (achei que 15 minutos já estariam suficientes para as fotos), chegamos ao nosso "*lounge*" no deserto. Ao descermos dos camelos, percebemos que o "*lounge*" não passava de um acampamento com tendas simplórias em cores ocres. Ali conhecemos a única pessoa que estaria conosco no meio daquele nada: um tuareg estranho que seria nosso cozinheiro-garçom-segurança-tocador-de-bumbo. Alguns minutos mais tarde, descobrimos que o cara não falava inglês, só um francês que se mostrou nulo ao responder que o horário do jantar seria 21h desenhando o número 9 na areia.

Ao sair da nossa cabana para o jantar e ver o céu, mais uma decepção: uma névoa encobria tudo, não dava para ver nem a lua. Até senti saudades do céu poluído de São Paulo. Já dentro da tenda que serviria como "restaurante", fomos brindados com o 19º couscous daquela viagem, dessa vez com uma coca quente de acompanhamento. Ainda bem, harmonizava perfeitamente com os 48 graus que fazia no recinto.

O ponto alto da noite viria com a sobremesa. Tratava-se de uma cesta de frutas que parecia apetitosa, mas alguém a quis antes de mim. Ou melhor, algo: um rato parecia bem feliz em cima das uvas. Tentando fazer o correto (?), alertei o tuareg estranho de que havia um animal nas frutas. De uma maneira surpreendente, o Tuareg comeu a uva da cesta. Você já presenciou um garçom comendo o resto do seu prato, na sua frente? Pois naquele momento a gente viu...

Depois de tanto agito, o que restava era ir dormir para acordar cedo e voltar para Marrakesh. Até que mais um roedor apareceu, quiçá procurando uvas na nossa mala. O jeito era se cobrir (mesmo que a temperatura fosse de 45 graus), fingindo não ver os ratos andando pelo teto e tentando não fantasiar com os barulhos do plástico da estrutura da tenda se movimentando com o vento do deserto (será que aquele era o barulho do tuareg estranho se aproximando para nos atacar a qualquer momento com uma cimitarra?).

Saímos de volta a Marrakesh com direito a mais música ""aaaaaaiaaaaaa iaaaaiiiiiiiiaaa" no carro, enjoo na estrada, jejum de quase 8 horas, chegada a um hotel fuleiro com porta do banheiro sendo uma cortina de pano bordô, extorsão do velho que levou nossas malas, saída do *souk* desviando de motocas assassinas e negociação pelo preço do táxi até um outro hotel. Não consigo imaginar o nosso estado ao chegar no hotel definitivo. Éramos o retrato da desolação e desidratação.

Indo embora, já no aeroporto, não havia como termos uma despedida mais à altura. Olharam nosso passaporte cinco vezes, revistaram nossas malas de mão, perguntaram quanto tínhamos de dinheiro, pediram para ver a carteira do meu marido, contaram o dinheiro que levávamos. Fomos invadidos, encurralados e expostos. Só respiramos aliviados depois que o avião levantou voo.

Marrocos é incômodo e extremo, mas confesso até sentir falta daquele pandemônio ao ver algumas fotos. Só não me convidem para comer couscous.

Quando a terra da floresta é água

"Mas o que é que você vai fazer lá?" era o comentário mais comum de quem me ouvia dizer que passaria o feriado na Selva Amazônica. Essa pergunta era, por vezes, acompanhada de uma cara de espanto ou de um muxoxo de pouca empolgação. Viagens para florestas são comumente ligadas à ideia de se encontrar mosquitos, bichos peçonhentos, calor e desconforto. Definitivamente, esses programas não fazem parte do ideário de descanso e diversão de muita gente, pelo menos aqui no Brasil. Como não sou todo mundo, posso me considerar uma fã dessa região do nosso país.

Já fazia alguns anos que queria voltar para o Amazonas. Visitei Manaus há uns seis anos, em uma viagem *express* que fiz para encontrar uma amiga. Naquele momento, fizemos um passeio para ver botos e nadar no Rio Negro. Foi amor à primeira nadada: nunca imaginei que em um local com tanta água, ela pudesse ser tão morna. Decidi que um dia voltaria para fazer a mesma coisa, tanto para ter o mesmo sentimento de plenitude ao nadar naquele rio-mar quanto para tirar novas fotos com os botinhos. Eles eram muito simpáticos, fizemos logo amizade.

Dessa vez, fui com meu marido e nos hospedamos em um hotel no meio da selva. Foi tudo ainda mais intenso, simplesmente sensacional. Estar em um chalé tendo a floresta como quintal, nadar no rio, ver lagartinhos se escondendo pelos arbustos, barulhos de aves à noite, saborear costeletas de tambaqui no almoço tornaram a experiência de integração com a natureza ainda mais completa. Além de tudo isso, tive aquela sensação deliciosa de não ter *wi-fi* e de não sentir nenhuma falta de receber notificações de Facebook. Sabe como é? Se não se lembra de como é estar desligado do mundo, recomendo um *detox* tecnológico compulsório, por puro isolamento do mundo moderno.

A temporada era de cheia e é difícil descrever uma paisagem em que árvores frondosas surgem do meio da água, formando ilhas de troncos, galhos e folhas. Naquele momento, a terra da floresta virava água e tudo bem com isso. Aquelas árvores não eram que nem as minhas violetas que morriam quando eu as regava demais. Os jacarandás, andirobas, peixes, macacos, borboletas e passarinhos compreendiam que aquele era um dos momentos do ciclo infinito da natureza, que faz ter sol, chuva, calor e umidade na medida exata para cada dia e simplesmente se adaptavam a isso.

O saldo desses quatro dias foi extremamente positivo: zero picada de insetos, zero piranha pescada durante a pescaria no igarapé, cinco caipirinhas de taperebá, duas fotos de botos de longe, uma carona a ribeirinhos que estavam à deriva no meio do nada, uma caminhada noturna e sob chuva na floresta, encontro com duas preguiças e uma dezena de boas reflexões sobre a imensidão da vida.

Já deu saudades de ser só mais um serzinho no meio daquele mundo de água negra.

O Oiapoque existe

Era fim de tarde em Belém do Pará. Após uma tarde repleta de castanhas, Cerpas, pirarucus salgados, açaí e óleos milagrosos, eu e meu marido queríamos nos arrumar para um encontro com o Tacacá e o Tucunaré no jantar. Para sair do Mercado Ver-o-Peso em direção ao hotel, chamamos um Uber e descobri que uma tal de Livanilze havia aceitado a corrida. Até aí, só mais um Uber de nome estranho.

Ao entrar no Palio cinza, achei estranho o fato do para-brisa estar trincado. De cara, o meu raciocínio já imaginava que aquilo só podia ser fruto de pedras voando de um lado a outro, alguma confusão sobre liberar ou não o Uber na cidade. De cara, Liva esclareceu o mistério que nem a turma do Scooby-Doo adivinharia: uma manga madura havia caído de uma árvore, em direção ao seu carro, enquanto ele estava em movimento. "Imagina o susto que meu passageiro não teve, era um senhorzinho, vixe Nossa Senhora do Nazaré!", desabafou Liva.

Não sou de conversar em Ubers ou táxis. Deixo essa função a meu marido, que a faz com maestria. A história da manga até foi curiosa, mas enquanto ela perguntava de onde éramos, confesso que eu já viajava ao mundo dos pensamentos, em algum local entre as férias da família real britânica ou o próximo filme que eu assistiria no cinema. Até que ouvi uma frase mágica, aquela que me fez aterrissar de volta àquele carro. Com seu sotaque gostoso, característico do Norte, Liva disse "eu sou do Oiapoque". Será que ela falava sobre aqueeeele Oiapoque que a gente ouve todo mundo falar junto ao seu amigo distante Chuí, numa expressão de referência a algo que acontecia no país todo? Pois então era verdade que havia pessoas que nasciam e viviam e se alimentavam e namoravam e mentiam e mandavam memes e enchiam a cara no Oiapoque?

Liva disse que sim, Oiapoque era muito ativa por conta da extração de ouro. Comentou que havia franceses, guianenses e venezuelanos por todos os lados, andando com seus carros 4x4, uma vez que o acesso era extremamente difícil. E como chegar lá, perguntei. Liva contou que era necessário viajar de avião até Macapá, depois havia uma viagem de algumas horas por asfalto e outras tantas horas em estrada de terra. Isso quando não tinha muita chuva, porque os carros atolam a valer. Depois de quase quinze minutos explicando a "expedição", deixei de lado a ideia de um dia postar uma foto no meu Insta do ponto mais setentrional da costa brasileira.

Liva continuou a conversa falando que morava em Belém havia cinco anos porque seu marido saiu do Oiapoque para estudar Direito na Federal do Pará. Uau. Mas o "uau" se multiplicou por quinze quando ela falou que o marido era de origem indígena e que ela o conheceu durante uma campanha política, ao trabalhar como panfleteira de um candidato local.

Ao contar que para ir até a aldeia de seu marido eram necessárias mais dez horas de viagem de barco (do Oiapoque!), seus sogros só falavam o dialeto da tribo e não aprovavam o casamento de seu filho com uma forasteira, era como se eu escutasse a própria Rainha Elizabeth me sugerindo ver o novo filme do Tarantino. Fiquei com a impressão de que nem um quadro de Dalí captaria o surrealismo de toda aquela história.

Livanilze parou o carro e indicou que o hotel ficava na esquina.

Serendipity ou "A beleza das coisas improváveis"

Assim como acontece com muitas pessoas que moram em grandes cidades, a rotina é fatigante e a sensação que eu tenho é de que os dias duram apenas 5 horas. Eu acordo, corro para academia, como a banana no caminho para o trabalho, leio um monte de *e-mails*, almoço, saio do trabalho, volto pra casa, janto e durmo. Tudo é meio automático e, nesse corre-corre, a vida vai passando.

Dá para amenizar esse *looping* de muitas formas. Tem gente que medita, lê um livro, pratica um *hobby*, reza, conversa sobre futilidades com o amigo. Mas, para mim, o jeito mais lindo disso acontecer é viajando. É quando eu tenho a sensação de voltar a enxergar a vida na plenitude. Isso porque não há obrigações, não dá para entender direito o que os locais estão falando e cada detalhe desperta o olhar para o novo. Tudo é deslumbramento e parece que se vive uma semana numa tarde.

Tem alguns raros momentos de uma viagem que vão além dessa experiência e que, dificilmente, são replicáveis. Apesar de não ser esotérica tento explicar essa sensação dizendo que é aquele instante em que existe uma conexão entre você e o cosmos. É quando se entende que não houve intenção nenhuma dessa ligação existir, mas que você está ali porque deveria estar ali e que provavelmente só tem significado porque é com você. Os gringos chamam isso de *serendipity* (tem até um filme açucarado com esse nome). Eu chamo de "a beleza das coisas improváveis".

Em uma de minhas viagens, aconteceu comigo algo parecido. Foi em Veneza, bem antes de ela se tornar manchete pelos casos da COVID-19. Naqueles dias, vi que a cidade é de cair o queixo e fiquei feliz de ver com meus próprios olhos que os gondoleiros existem de verdade. Mas se alguém me perguntar o que eu mais gostei, falarei de uma visita a uma livraria. Uma amiga minha havia me indicado esse lugar e já tinha me adiantado que ele era especial. Os livros ficam bagunçados por todas as partes, há uma gôndola dentro do recinto e de vez em quando a livraria fica inundada durante a *Acqua Alta* (nome dado aos alagamentos comuns em Veneza).

Só que o que foi mágico para mim foi ter presenciado, inusitadamente, o lançamento do livro de um escritor da região. Era o seu primeiro livro, que falava sobre como a sua família viveu no Vêneto durante o período entre guerras, história parecida à da minha família por parte italiana. Não só acompanhei a conversa toda em italiano (*che bello!*), como tive um exemplar autografado e, de quebra, ganhei o livro de presente do livreiro, dono do lugar. Para outra pessoa, não teria graça nenhuma. Para mim, que ama livros e sonha um dia em ser escritora, foi quase sublime.

Para completar a experiência, ao sair dali, andei mais uns cem metros e entrei em um prédio histórico. Não sei o porquê de ter entrado lá, só sei que estava acontecendo naquele instante um espetáculo de músicos locais que tocavam músicas típicas de gondoleiros. A plateia era só de venezianos, que cantavam junto aos músicos, batendo palmas. Pelo jeito, eu era uma das únicas estrangeiras. De certa forma, minha alma se conectou àquele lugar, como em pouquíssimas vezes na vida.

A loucura do dia a dia pode não deixar muito tempo para o encantamento. Mas uma coisa que ficou desse dia é a importância que a arte tem para mim como elemento de conexão comigo mesma, me fazendo sentir ainda mais viva. Seja na forma de livros ou alegres músicas italianas com sanfona.

Além dos coletes e calças justas

Não sou profissional do ramo de moda masculina, longe disso. Nem mesmo sou um homem. Mas me considero uma admiradora desse universo, principalmente o das vestimentas mais formais. Talvez por ter começado minha carreira em um pré-histórico setor bancário no qual ainda reinavam os costumes e as gravatas (#RIP). Ou por influência do meu marido, que me fez adquirir uma visão mais empática (e aguçada) sobre o que pode ser bonito para homens. Só sei que, *voilaaaá*, me tornei uma "crítica de moda masculina amadora". Avalio em pensamento nós de gravata dos políticos, olho com desconfiança os ternos de cor azul BIC dos jornalistas, admiro as propagandas de perfume com homens usando alfaiataria. Acreditem, consigo me divertir com isso.

Recentemente, fiz uma viagem à Italia. Além de me deleitar com os clássicos *spaghetti* e vinho Valpolicella, me surpreendi com um elemento do cotidiano das cidades que visitei: a maneira de vestir do homem italiano. Óbvio que existem muitos estilos, tanto os mais elegantes, tradicionais ou excêntricos, mas em geral eles esbanjam originalidade. É um tal de usar ternos com cores pouco ortodoxas, óculos com aros diferentões, gravatas no dia a dia, calças encurtadas. Sobre essas, uma menção especial: o que me chamou mais a atenção é que são extremamente ajustadas, quase irmãs das *leggings*. O mundo pode não ser justo, mas a moda masculina italiana me aparentou ser. E muito.

Ao ver esses homens circulando com seus mocassins sem meia e calças azul *royal*, me parecia que a eles era consentida uma liberdade diferente. É como se eles tivessem licença de serem quem eles quisessem ser, expressando ao mundo suas histórias e personalidades. A moda na Itália é uma das inúmeras facetas de uma sociedade formada por homens seguros com seus corpos e desejos, que há séculos veneram o belo e o tratam como expressão de poder. Isso acontece desde a primeira coluna do Pantheon, passa pelas pinturas da Capela Sistina, segue pelos canais de Veneza e chega até o lencinho de seda no paletó xadrez.

Já de volta ao Brasil, participo de uma reunião de executivos de banco. Com exceção de mim, todos são homens de meia-idade. Eles usam camisas de tons claros, sapatos pretos ou marrons com meias combinando; um está de jeans, outro de gravata (da década de 1990). De acessórios, apenas relógio, aliança e óculos meramente funcionais. Tudo monótono, nada que imprima um mínimo de quem eles são ou indique ao mundo o porquê de eles estarem ali. Que saudades de tomar *gelato* sentada na *piazza* e ver aqueles blazers brancos com camisas azul bebê. Ao menos, eles me faziam sorrir.

PARTE III: DENTRO DA VARANDA

Moscas em quarentena

O plano era morar em Lisboa. Comer bacalhau, se acostumar com o sotaque lusitano, curtir o clima ameno à beira do Tejo, quem sabe entender as diferenças dos vinhos do Douro e do Dão. Tudo isso aconteceria enquanto eu procurasse emprego.

Até o início de março de 2020, o plano era bom.

A primeira casa teria que ser um *Airbnb*. Meu marido e eu escolhemos um apartamentinho simpático, de 35m², no centro da Mouraria. É uma região muito antiga e tradicional, perto do Castelo de São Jorge, um dos principais pontos turísticos da cidade. Como o próprio nome indica, a Mouraria foi habitada por mouros, que foram confinados pelo Rei após a Reconquista Cristã. Seria esse um prelúdio do que viveríamos alguns dias depois?

Nem deu pra comer o Pastel de Belém. A COVID-19 chegou no noticiário e na vida dos portugueses como um vendaval. Desestabilizou e destruiu tudo o que parecia sólido. Inclusive a liberdade. De um instante para outro, reduzimos nossos passeios turísticos para almoços furtivos no restaurante da esquina, até chegar ao fatídico #fiqueemcasa.

Quando você fica literalmente em casa, começa a perceber coisas que antes não percebia, a se incomodar com coisas que não te incomodavam. No nosso caso, a angústia devia-se ao fato de a única ventilação do *Airbnb* ser uma porta. Não tinha janela no quarto, nada de veneziana no banheiro, nem um respiro na cozinha. Só uma porta na extremidade da sala, com vista para a rua. Em uma situação que você só vai descansar à noite na casa, tá tudo belezura. Quando você está 24 horas por dia em um recinto fechado, na existência de um vírus amalucado que quer te pegar a todo custo, chega a ser desesperador. A solução foi, portanto, abrir a porta.

Eis que chegaram as moscas. Não eram duas ou três moscas que entravam, era um exército que resolvia montar seu QG na nossa sala. Quinze ou seriam mais de vinte? Não sei, perdi a oportunidade de gastar um pouco do meu tempo ocioso contando-as. Eram grandes, pequenas, de espécies diferentes. Ficava imaginando o que as levaria a entrar com tanta rapidez no nosso apartamento. Será o que o primeiro-ministro das moscas também estava com medo da COVID-19 e ordenava que elas fizessem quarentena? Fazia sentido porque eu notava que elas voavam como insanas, em círculos, sem propósito nenhum, mantendo apenas uma distância social entre elas.

Será que essas moscas tinham também planos de uma nova vida em Lisboa? Ou ainda de fazer prosperar um restaurante, de celebrar um casamento com uma festa, de viajar para a Itália e estudar italiano, de ter aquela promoção no trabalho, de mochilar pela América do Sul, de poder cuidar da netinha, de vender mais sacolés na frente do estádio, de ter mais rendimentos na bolsa de valores, de finalmente largar o trabalho burocrático e virar cantor, de abrir um bar com o dinheiro da rescisão ou de simplesmente viver para fazer mais planos. E também se viram sem rumo, no meio de uma multidão de frustrados e atônitos, esperando que essa fase só passe, passe logo, da melhor maneira possível?

Não deu tempo de ouvir a resposta delas. A gente matou todas.

E voltou para o Brasil.

O Passarinho no canto da janela

Todos os dias, ao longo dos últimos três anos, um passarinho visita a minha janela. E eu só sei que ele existe na minha vida há todo esse tempo porque tem uma foto dele (ou seria dela?) no fotolivro da família de 2016. Desde então, ele chega de mansinho em um canto da janela da sala, olha ao redor para ver se há alguma ameaça e se põe a bicar o vidro. Fica uns cinco minutos nessa e depois vai embora. É sempre assim.

Deve ser o mesmo passarinho. Seria uma baita mágica da Natureza pensar que um outro pássaro, da mesma espécie, tenha esse hábito tão atípico de bicar vidros em cantos de janela. Ao mesmo tempo, me pergunto se um passarinho poderia viver tantos anos assim. Lembro de aritmética, dos planetas e dos rios amazônicos, mas não me lembro de aprender na escola quanto tempo vivem os passarinhos. Para simplificar, prefiro assumir que ele é o "Passarinho", o passarinho que vem me visitar.

Eu não sei qual é a espécie dele. Às vezes, penso que seria legal conhecer um biólogo só para ele me ajudar a reconhecer o Passarinho. Ele é de cor verde-acinzentada, um pouco maior que um pardal e menor que um bem-te-vi. Não é daqueles de estimação e nem canta. Inclusive, se não fosse a sua personalidade peculiar, poderia dizer que seria um passarinho sem graça. Mas, definitivamente, ele é tudo, menos isso. O Passarinho enche a minha cabeça de perguntas, suposições e de muita imaginação. Será que ele é apaixonado pela sua imagem? Ou ele procura um irmão perdido? Será que ele não se cansa de martelar a janela? Quem sabe ele me deixa chegar perto? Será que ele me vê?

Meu bicho favorito da vida é justamente passarinho, do tipo pequeno, ligeiro e solto. E qual a ironia do universo que a única visita que eu receba nos tempos de quarentena seja a do Passarinho. Nesses dias de reclusão, ele me faz pensar que segue voando para bem longe, mas acaba sempre voltando. Mais ou menos como eu. Nesses três anos da nossa amizade, já troquei de cidade umas cinco vezes, de casa umas quinze, de cabelo umas duas e de opinião umas 550 vezes, e acabei voltando também. Ao vê-lo, nesses momentos confinados, ele me mostra a beleza de ser livre e ter um lugar para voltar.

Passarinho, em dias como hoje, você me faz voar.

Os sinos soam por aqui também

Toda vez que eu viajava para vilarejos ou então para cidades antigas, eu me encantava com a possibilidade de ouvir os sinos de uma igreja. Isso não se devia a um fervor católico, longe disso. Para mim, eles tinham uma função de cápsula do tempo. Era como se, ao ouvi-los, eu me transportasse para 50 ou 200 anos atrás, dando mais graça e vida ao chão de pedras, à arquitetura colonial das casas, às arandelas antigas. Eles eram escandalosos, coadjuvantes ou informativos, dependendo do tocador do sino, do porte da igreja, do horário do dia. Parecia que o tempo passava de uma maneira mais lenta, na espera do balanço pendular do sino.

Eu sempre morei em cidades grandes e não posso dizer que sentia falta de sinos na minha vida. Poderia saber que era meio-dia pelo meu relógio, meu celular ou pelo ronco do meu estômago. Não precisava de um barulho adicional a uma rotina de buzinas, freadas, motores e caixas de som. O que eu poderia sentir talvez fosse saudade de não ter vivido uma vida calma de cidade interiorana. Ou quiçá de estar presente em um local que permanentemente prestasse homenagem a um passado no qual muita gente viveu, sofreu, criou.

Ao viver em um apartamento localizado num bairro medieval, por algumas semanas, tive a oportunidade de ouvir sinos diariamente. Tinha *ding-dong-ding* vindo da igreja no morro de cima, *ding-dooong* na igreja da rua perpendicular, *ding-ding-ding* dando seu recado a partir do morro vizinho. Todos aqueles sons metálicos eram o anúncio de uma vida diferente, que parecia saída dos romances de Eça de Queiroz ou do Camilo Castelo Branco. Com menos melodramas e tragédias, é claro.

Mas aí veio a pandemia e voltei ao apartamento que morei por mais de cinco anos, numa cidade com quase dois milhões de habitantes. E junto ao confinamento, veio o silêncio. Silêncio raro, fruto de ausências, de carros parados nas garagens, poucos ônibus nas ruas, *wap* desligada no *lava-car* e sem molecada no recreio.

E qual foi o meu espanto quando ouvi pela primeira vez, num dia à toa, sinos soando... aqui de casa! Os sons vinham de uma igreja a uns seis quarteirões do meu prédio e comecei a reparar que eles soavam sempre ao meio-dia e às 18h. Percebi que os sinos sempre existiram ali, eu só não estava lá para parar e escutar. Parar e sentir.

A arte (ou desastre) de cuidar de seres vivos em uma pandemia

Tudo começou em uma das 347 sessões de Zoom que participei ao longo dessa quarentena. Era um grupo formado por pessoas queridas, mas sem contato algum nos últimos anos. Continuávamos ainda sem nos encontrar, mas ao menos nos víamos em janelinhas contíguas. Pra rolar assunto, depois dos 35, a pergunta inevitável que chega é: "e aí, pessoal, vocês têm filhos?". Havia os que mostraram crianças fofas saltitantes, os que seguraram no colo seus doguinhos com bandanas e os que viraram a câmera para suas samambaias e espadas de São Jorge exuberantes. Eu dei conta de que não tinha nada pra mostrar. Nenhum peixe beta, nenhum cacto cheio de espinhos, muito menos um *baby* engatinhante.

Ter um *pet* ou ficar grávida não faziam parte dos meus planos para 2020 (aliás, o que são planos em 2020, *by the way*?) Resolvi, outra vez, tentar ter plantas, ia ser legal cuidar de alguma coisa. Não tive sucesso em nenhuma das 15 vezes que comprei violetas. Mas agora seria diferente, teria todo o tempo do mundo para plantar, podar, retirar pragas (aham!) e usar adubo de matéria orgânica. Seria chegada a hora de ser uma espécie de "o menino do dedo verde" contemporânea, com plantas *hipsters* e ervas gourmetizadoras.

Começaria com uma suculenta. A oportunidade surgiu quando a vizinha do 71 ofereceu, via WhatsApp dos condôminos, vasos de suculentas a partir de 35 reais. Eu achando que estava comprando um vaso grande, vistoso, do tamanho de uma caixa de sapatos, me frustrei um bocado ao dar de cara com um vaso furreba que parecia uma caixinha de joias. E eu já tinha feito a transferência, não havia mais volta, me vi com o vasinhozinhoinho na mão. Algumas horas depois, para me animar, meu marido me enviou uma foto do supermercado indicando uma promoção de suculentas, por míseros R$2,99. Peguei ranço das plantinhas gorditas e da vizinha extorsionista. Deve ser por isso que elas foram apodrecendo. Só sobrou uma para contar história.

Como estamos aqui em casa cozinhando mais, era chegada a hora de comprar ervas aromáticas. Nada como usar manjericões frescos na massa grano duro ou fazer um quibe com hortelã verdinho, recém-colhido. Pra minha alegria, essas plantinhas ainda estão bonitas, tá dando gosto de ver a pequena floresta de aromas se formando. Mas confesso que quem terminou de transferi-las dos vasinhos para floreira, quem colocou um suporte para o crescimento do coentro e moveu o canteiro para uma parte da sacada com mais sol foi o meu marido. A mim, coube apenas a tarefa mínima de regar uma vez por dia, o que faço em horários aleatórios, "esquecendo" nos dias gelados, com temperatura abaixo dos dez graus.

Depois dessas etapas-teste, achei que era chegado o momento para um passo mais ousado, o de adentrar no Reino Animal. Estava decidido: eu criaria os meus próprios lactobacilos e lêvedos para fazer pães de fermentação natural. Recorri à minha mãe, ela me ensinou tudo sobre fazer o *levain*, vulgo fermento natural. Esse tem sido o meu maior desafio nas últimas semanas. Parece simples, é só colocar farinha e água, duas vezes ao dia, e boa! Doce ilusão, pois cada "interação" é uma surpresinha diferente: às vezes ele fica mais encruado, tem hora que ele está mais azedo. Feliz mesmo eu fico quando ele está vistoso, lotado de bolhas, como se estivesse dizendo "obrigada, minha querida dona, por nos alimentar e hidratar bem!". E aí fico orgulhosa dos bichinhos e eu faço um pão-belezura.

Espero, com todo o meu coração, que esse isolamento termine logo, antes que eu faça *selfies* com minha suculenta, brinque com os alecrins ou aninhe leveduras.

Tô quase lá.

Quatro minutos nos tempos do "fique em casa"

Em um dia desses de confinamento, que nos deixam apenas a possibilidade de viajar para dentro das nossas memórias, meu marido lembrou de um episódio ocorrido conosco na Espanha. A história é a seguinte: estávamos em um restaurante num vilarejo, tomando *"unas copitas de vino"*, super *relax*. Porém, ainda precisávamos voltar para o hotel, em outra cidade. Já próximo de um possível horário de volta, ele foi perguntar sobre o ônibus, eu fui ao banheiro. Voltando à mesa, eu o encontro já de pé, segurando a minha bolsa, ansioso. "Vamo logo, o último ônibus sai em quatro minutos!!!".

Saí correndo atrás dele. Ele atravessava aquele emaranhado de vielas com uma destreza digna de um local. Passamos pelo binômio igreja/ prefeitura, um verdadeiro tour *express*, ainda mais bonito graças aos nuances dados pelo *tempranillo*. Chegamos à parada no horário, o ônibus apareceu em seguida. Só depois meu marido me mostrou o mapa tosco que o dono do bar tinha desenhado em um guardanapo, indicando o local e horário da partida. Em quatro minutos.

Ficamos rindo da lembrança e sobre como quatro minutos podem ter pesos e dimensões diferentes, de acordo com as situações e momentos da nossa vida. E nessa loucura de pandemia, que transformou a forma de viver e enxergar o nosso lócus de convivência e atuação, os mesmos quatro minutos adquiriram novíssimas gradações de percepção de tempo. Me explico.

Quatro minutos são demasiado quando o coleguinha do curso via Zoom se anima no momento da apresentação pessoal. Ele/ela transforma um minuto em quatro, fazendo a contravenção gravíssima, em tempos virtuais, de roubar o tempo de outras pessoas para falar sobre sua formatura, carreira, seu talento para jardinagem, seu cachorrinho recém-adotado e opinião sobre o Ministério da Educação. Nos meus delírios, desencadeados pela oratória do usurpador de minutos, sonho com uma voz dizendo: "em caso de empolgação verborrágica na videoconferência, sinais de internet e conexões cairão automaticamente". Cadê as oscilações de rede da Net-Vivo-Oi quando a gente mais precisa delas?

Quatro minutos passam como um jato quando estou gravando um áudio para uma amiga que mora longe. Motivada por saudade, animação pelo contato e alguns acontecimentos a serem atualizados, me dá uma baita preguiça de escrever tudo via WhatsApp. Começo o áudio e, num passe de mágica, ele atinge a impressionante marca dos 4:02, 4:37, 4:12. Aproveito e copio-colo a frase pronta "miga, desculpa o áudio longo", arrematando com um *emoji* de carinha constrangida.

Duzentos e quarenta segundos dançando a recém-aprendida coreografia da Lady Gaga parecem uma vida e meia. Pelo Zoom (olha aí ele de novoooo!), a professora vai passando os movimentos, repete 231 vezes a sequência e ainda assim meu cérebro insiste em não decorar os passos. Haja carão pra superar a falta de gingado e condicionamento físico e se imaginar como uma *little monster*. Ofegante, eu vejo pela galeria de minitelas que tá todo mundo no mesmo barco, levantando a perna direita quando era para abaixar o braço esquerdo. Ufa!

Já quatro minutos no Instagram são pó. Começo vendo um vídeo da Maísa se maquiando, passo para o textão a respeito da não existência de novo normal no pós-pandemia, assisto a um pedaço da *live* sobre a relação entre vinhos e astrologia, pulo para o *Reels* do Marcos Mion e Mionzada dançando pela casa e tenho a sensação de estar na hora de montar a árvore de Natal.

Se quatro minutos inspiram tantas interpretações, o que dizer dos cinco meses, dois dias e três horas e cinco minutos que já duram esse isolamento?

A absurda necessidade de se proteger

No fim de janeiro, um aluno novo chegou na aula de francês. Ele chamou a minha atenção de cara ao entrar na sala usando uma máscara, dessas do tipo cirúrgica. Ele era asiático e, pelo que via pela TV, era supernormal asiáticos usarem essas máscaras ao sair de casa, como uma forma deles se protegerem de vírus e poluição. Mas eu nunca tinha visto ela sendo usada tão de perto em um ambiente ingênuo como uma escola. Há longínquos três meses, quando não havia sinal da COVID-19 no Ocidente, máscaras iguais àquela estavam associadas, pelo menos para mim, a exames de sangue, Papanicolau, dentistas, endoscopia, luz pulsada, depilação com cera, ou seja, momentos de dor e sofrimento.

O estranhamento foi ainda maior porque a máscara do rapaz era preta, assim como as suas roupas. Tive um sentimento ruim, uma espécie de angústia. Ele parecia o próprio cavaleiro do Apocalipse, daqueles que portam as mais tristes notícias. Com o passar dos dias, descobri que Jun era um coreano tímido, engraçado, entusiasta dos vinhos e estava em Paris para estudar perfumes. Mas, a partir daquele dia, no meu subconsciente começava a soar um alerta de que alguma coisa estava acontecendo de estranho no mundo. Jun, com algumas semanas de antecipação, já sinalizava como seria esse lugar que eu não quis ver naquele momento: de máscara e de luto.

Quando a COVID-19 entrou feito uma avalanche nos noticiários e a gente se habituou a sentir medo e ver estatísticas de infectados e mortos na TV, ainda não havia uma recomendação clara de usar máscaras. Isso eu lembro bem. Pedia-se que elas fossem usadas apenas pelos profissionais de saúde ou se houvesse sintomas da doença. Assim fomos, sem as tais das máscaras, pegar um voo de volta da Europa ao Brasil. Qual foi a minha surpresa ao ver, na fila do embarque, toda a brasileirada uniformizada com máscaras. Nesse momento, ao não ter uma máscara, parecia eu o elemento de risco, a inconsequente ou alienada às formas de contágio.

Ao mesmo tempo, vendo todos ali mascarados, a impressão que eu tinha era a de que nossos colegas de voo eram todos suspeitos de ter o tal do vírus. Passei as dez horas de voo em estado de alerta para qualquer sinalzinho de tosse (podia até ser de engasgo com o amendoim, não importava). Já tachava o fulano como o infectado da vez e tomava mais um banho de álcool gel.

Hoje, a máscara virou artigo de necessidade, parte do cotidiano. Há uns dias, inclusive, me peguei vendo uns *stories* do Instagram em que a blogueira mostrava os modelos de máscara que ela tinha comprado. Ela mostrava os modelos em algodão, em tricô tecnológico, ajustáveis com fecho em silicone. Fiquei três minutos da minha vida hipnotizada com isso. Pensei o quão absurdo seria esse episódio de ver *review* de máscara há poucos meses, época longínqua em que eu ainda fazia pesquisas de passagens aéreas no *Skyscanner* e cogitava em ir a um show do Pearl Jam.

Já consigo imaginar pessoas dando máscaras como lembrancinhas de aniversário: "nossa, que linda, é simplesmente a minha cara, não precisava se incomodar!". Daqui a pouco vai ter gente vendendo as máscaras para momentos especiais como formatura (preta com babadinho branco para combinar com a beca), batizados (branquinha com uma pomba), natal (com a musiquinha da Simone acoplada) e Réveillon (brancas e douradas). Quem sabe pode vir uma máscara de brinde na compra de três achocolatados?

A gente pode chegar ao ponto de ter que explicar aos nossos descendentes que houve uma época em que essas máscaras não existiam. Que beijos eram dados em estranhos ("três beijinhos pra casar!"), restaurante bom era restaurante lotado, de vez em quando a gente sentia o bafo de alguém no trabalho e que se assoprava uma vela em cima de um bolo para comemorar aniversário. "Aliás, bisnetinha, essa dobrinha pra baixo que temos na nossa orelha, não existia, ela foi uma adaptação darwiniana dos nossos corpos para os elásticos apertados das primeiras máscaras de 2020."

A máscara é para ser usada e ponto. Só que ver as pessoas escondidas, sem expressão, com a fala abafada por um tecido, admito, não é banal. Enquanto isso, a criatividade tem que se encarregar de sonhar que, por debaixo das máscaras de florzinha, do Mengão ou dos Avengers, haja sorrisos e nada mais. Nem bafo.

Meus dias de quarentena com Gabo

Já fazia um tempo que eu havia comprado aquele livro. Livro de sebo, 10 reais, o preço ainda está marcado a lápis na primeira página. Era o *Cem anos de solidão*, do Gabriel García Márquez. Como filha de um colombiano, julgava ser quase um dever civil me dedicar à leitura do mais conhecido e prestigiado autor do país. Ler essa obra não deixava de ser também uma forma de diminuir a distância cultural e linguística dos nossos vizinhos sul-americanos. Já que nunca ganhamos um Nobel de Literatura aqui no Brasil, por que não prestigiar os laureados do "além-fronteiras", como o próprio García Márquez? Pronto, o livro valeria o "deizão".

Nutro um certo desconforto das cinco primeiras páginas de qualquer livro. Até engatar na história, leio e releio esse início algumas vezes. Era por isso que eu nem começava o *Cem Anos*. O livro ainda estava na minha prateleira de livros, sem ser lido, acumulando manchas de bolor cinza. Eu tinha uma espécie de pavor de começar a lê-lo e não gostar. Ou de não entender. Acho que isso vem da época de quando ia à biblioteca da escola e Denise, a bibliotecária, docemente dizia "esses são livros só para quem está na 5ª série", "aqueles lá são para os veteranos da 8ª série". Ler os *Cem Anos* era uma transgressão para a qual eu ainda não estava preparada.

Mas eu não desistiria. Há uns seis anos, dessa vez em uma viagem pelo Peru, resolvi comprar uma edição do *Cien años de soledad*, o mesmo livro do Gabriel García Márquez, dessa vez na sua língua de origem. Apesar de falar espanhol, eu nunca tinha lido um livro em espanhol. Não sei o que me deu, pois qual seria a hipótese de eu ler um determinado livro em espanhol se eu já não tinha tido coragem de começar a ler a edição em português? Praticamente nula, eu sei, deve ter sido só para gastar os últimos soles no aeroporto antes de ir embora.

Até que chegou o confinamento, tornando os dias ainda mais solitários, dando ainda mais tempo para quem já estava com tempo. E ao escolher uma nova leitura, decidi que seria o momento em que finalmente me renderia à trama de *Cien años de soledad* e *Cem anos de solidão*. Por fim, terminei os dois. Sim, eu li os dois exemplares porque tudo o que eu não entendia no livro em espanhol, procurava na edição brasileira. Foi como se eu lesse 1,39 vezes o livro, entre uma edição e outra.

Ler García Márquez contando a história de uma família colombiana ao longo das décadas, me aproximou das minhas origens. Sobretudo quando ele relatava as comidas, a natureza e as festas com sanfona. Era como se eu ouvisse as histórias da própria família Castro Acosta, excluindo as inúmeras tragédias que, no caso dos Buendía, cruzes, era uma eterna espiral de repetição.

Além disso, ao entrar na alma de cada personagem e ver como a solidão era característica de todos eles, sendo esse sentimento fomentado por eles próprios, foi um enorme exercício de autorreflexão para momentos estranhos (e solitários) como os que a gente tá vivendo agora na quarentena. Gabriel García Márquez, depois de quase um mês me acompanhando na hora de dormir, se tornou um amigo íntimo e hoje, enfim, posso chamá-lo de Gabo, o apelido carinhoso que o acompanhou a vida inteira. Já estou sentindo saudades.

Não tem COVID na firma

Um dia desses, tive que ir a uma reunião em uma empresa para vender um projeto de comunicação escrita. Fazia quase um ano que não me via em meio a esse ambiente tão conhecido de outrora. Não posso dizer que estava com saudades dos tapetes cinza, das baias beges, cadeiras ergonômicas (ou que tentavam ser), telefones de mesa Cisco, quadros abstratos em tons neutros. Mas deu um "quentinho" lembrar dessa vida passada, de quando eu tinha um crachá, alguns queridos colegas de trabalho e usava salto para ir trabalhar.

No espaço de um ano, as empresas mudam pouco. Contudo, em outubro de 2019, quando eu saí do mundo dos escritórios para me tornar escritora, não existia vírus maluco nenhum. Naquele longínquo passado pré-COVID-19, colegas se cumprimentavam com desnecessários beijos de bom dia. Para as reuniões importantes, 40 pessoas se aglomeravam em uma sala de 15 m². Enfrentávamos filas intermináveis nos *buffets* por quilo das redondezas. Ou seja, tudo pautado no contato excessivo, em um pseudo *glamour* de se amontoar em prédios espelhados sem janelas.

A desconfiança começou na conversa pelo telefone, talvez nada estivesse tão diferente assim. Ao me ouvir propor uma conversa por Zoom, meu interlocutor confessou: "por que você não vem aqui tomar um café com a gente? Mais ninguém aguenta videoconference!". "Meu amigo, para ficar longe de perdigotos virais, eu aguento Zoom, Messenger,

ICQ, até telegrama!", era o que eu responderia a ele em meus sonhos. Só que nessa história, o lado fraco era eu e só fiquei na vontade de recusar aquele convite.

Tentei me tranquilizar pensando que aquela era uma firma grande, de renome. Sendo as empresas responsáveis por zelar pela saúde de seus colaboradores enquanto estes estão em suas dependências, pensei que, mais do que nunca, seriam praticados os protocolos de distanciamento, a obrigatoriedade das máscaras e o álcool em gel espalhados por todos os cantos. No entanto, esse episódio teve uma surpresa atrás de outra surpresa, começando pela minha chegada.

Uma máquina ultramoderna de medição automática da temperatura fazia com que uma fila se formasse para a aferição. Ao esperar a minha vez, reparei que o coleguinha de trás de mim insistia em se aproximar. Ele não sacou que deixei uma distância de quase três metros do indivíduo da frente, que havia marcações em amarelo no chão, que havia *banners* pedindo distanciamento. Quando ignorei esse inconveniente, percebi que as pessoas da frente registravam 38°, 37,5° de temperatura. Comecei a suar frio, a sacar o álcool em gel do bolso, a forçar uma distância lateral maior. Foi quando eu vi um funcionário adiante, medindo novamente a temperatura. Aquelas medidas não valiam de nada, a máquina estava sob o sol, o que influenciava na medição.

Ao chegar no andar da reunião, depois de prender o ar por mais de três minutos e meio dentro de um elevador com mais dez pessoas, notei que a recepcionista usava a máscara no queixo. Hã?!? Mas será possível, aqui também tem disso? Ela me ofereceu café, recusei educadamente. Ela não ouviu e se aproximou para me escutar. "Nãaaaao, eu nãaaao quero". Contrariada com a impolidez na minha resposta, ela resolveu anunciar o meu nome à pessoa com a qual eu iria me encontrar.

Passando pelas baias, fiquei pensando se existia ali algum indício de que estávamos em um mundo pandêmico. Aquele lugar me parecia demasiadamente cheio, abafado e encerrado. As pessoas conversavam, se inclinavam nos computadores um dos outros, dividiam o biscoito de polvilho na cafeteria (sem máscaras, óbvio!), fechavam as janelas.

Ao ver o chefe do departamento, entendi tudo. Ele sem máscara, me conduziu à sala de reunião a portas fechadas, ofereceu um café, confessou que a quarentena havia sido um terror para a produtividade. "Esse negócio de *home-office* não tá com nada, como eu vou poder cobrar fulaninha sobre o projeto que ela está enrolando em me entregar? Aqui não tem essa desculpa do *homeschooling*, hahahaha". Ao começar a minha apresentação sobre benefícios de uma melhor comunicação, ele pediu que eu tirasse a minha máscara, afinal "não dava pra escutar nada com o abafado das máscaras".

Naquela hora, inundada de constrangimento e fobia viral, pensei que a saudade do crachá e do salto alto passou rápido, bem rapidinho.

Pai e filha

Era um sábado à noite, em plena pandemia, e meu pai ligou avisando que estava sendo internado. De cara, não entendi nada. Ele não havia contado nem que estava com dor de cabeça, muito menos que precisaria de um hospital. Nessa ligação, Dary (apelido carinhoso do meu pai) falou de um mal-estar que o acometia desde quarta-feira (!) e que não conseguia comer, por sentir muitas dores, desde o dia anterior (!!!). Os médicos, então, consideraram prudente a internação para analisar o caso. Ao desligar, não pensei duas vezes. Entrei no *app* da Azul e comprei uma passagem de avião Curitiba-Campinas para a manhã seguinte.

Para quem não foi visitar o pai no Dia dos Pais por medo de voar na companhia de partículas da COVID-19 e de transmiti-las justamente ao homenageado da festa, me percebi bastante ousada naquela manhã. Em apenas três horas, eu não só viajei de avião, como peguei um Uber e iria precisamente para o local onde pessoas com o vírus se direcionavam para tratamento. Além da preocupação com meu pai e seu estado de saúde, eu estava aterrorizada de ter que passar por aquela experiência, junto a ele, num contexto pandêmico.

Chegando ao hospital, recebi as indicações para ir até o quarto 104. No trajeto de 30 metros, acionei três vezes o frasquinho de álcool em gel. Bati à porta com meu cotovelo. Ao abrir, reconheci rapidamente o Dary à direita, que sorriu para mim por trás da máscara. Além dele, havia um homem bem idoso também internado, uma senhora acompanhando-o e um enfermeiro medindo sua pressão. Os quatro estavam em um quarto fechado, com persianas igualmente fechadas. Conclui que, ou eu me tranquilizava com relação ao vírus, ou eu teria um surto de ansiedade até o fim do internamento. Conformei-me com a primeira alternativa.

Dary estava com soro e medicamentos ligados ao seu braço. Apesar de estar hospitalizado, eu tive, felizmente, uma boa impressão do seu semblante. Ele parecia animado, corado, jovial. Não sei se era pela diminuição da dor, por me reencontrar depois alguns meses, ou por compará-lo a seu colega de quarto, Seu Lygio. Lygio era um homem de 91 anos e estava ali porque sua bexiga havia sido perfurada em decorrência de uma queda. Tinha chegado dois dias antes do meu pai, mas era um *habitué* do hospital. Extremamente magro e com aparência frágil, me parecia ser impossível entender o que ele falava. A única pessoa que o compreendia era Lia, sua filha.

Lia era a voz de Seu Lygio, a dela mesma e, nos dois dias que ficamos ali, falava também por mim e pelo Dary. Nos momentos vacilantes, sem meu livro por perto, Lia me capturava como sua interlocutora e narrava sua história e a de seu pai. Ela tinha 63 anos, fazia trabalhos manuais, era casada com um taxista barrigudo, seu sonho era morar na praia e não gostava de suas noras. Contou que Seu Lygio havia sido um excelente dançarino de bolero (inclusive tinha uma coleção de discos desse gênero), que ele a havia levado ao Nordeste quando menina e que ele vivia em sua casa desde quando a segunda esposa o abandonou por estar ficando muito velho. Enquanto revelava essa história, ela acariciou os ralos fios de cabelo do Seu Lygio.

Vivenciar a rotina daquele quarto fez meu foco se transformar. Da fixação na morte, pelo pavor à COVID-19, me concentrei na vida, refletindo sobre a beleza das relações de amor entre pai e filha. Observar Lia insistir para que o pai comesse ou se preocupando com seu conforto, me fazia ver como o ciclo da vida testa nossa capacidade de doar tempo e atenção àqueles que amamos, invertendo os papéis entre cuidadores e pessoas a serem cuidadas. De certa forma, vivi essa troca ao levar meu pai para casa, lembrá-lo de se hidratar, notar que ele gostava das minhas sopas de lentilha. Quando, por fim, comecei a ouvir seus projetos de viagens e aventuras pelo mundo, percebi que ele estava bom de novo.

Eu já podia voltar para casa.

O café dentro de casa

Fiquei sabendo de um canal de Youtube sensacional. Chama-se Cozy Corner. Basicamente, são vídeos de algumas horas de duração que reproduzem os sons de coisas até então banais, mas que nesses dias pandêmicos se assemelharam a eventos extraordinários. Só para citar alguns exemplos, tem o vídeo "chuva no café ao som de jazz" (meu favorito!) e um outro de "sons de chuva em uma barraca". Há também a opção temática "sons de um café confortável com música ambiente de jazz natalino" e a versão "estações do ano" com o "ambiente outonal aos sons de chuva e lareira".

Uma das coisas que pensei ser interessante na proposta de recomeçar minha vida profissional, seria o fato, de vez ou outra, poder escrever em um café. À primeira vista, pode parecer um pensamento meio frívolo. O que estava por trás desse desejo, no entanto, era o sentimento de liberdade. Ter meus horários definidos por um contrato de trabalho não estava funcionando pra mim, ao menos naquele momento. O café representaria aquele lugar efêmero que eu passaria a frequentar por ter optado por uma vida mais flexível. Além disso, o café tem aquele constante entra e sai de pessoas, o que me renderia uma série de histórias a serem observadas e captadas, prontas para virarem textos.

Nessa versão *indoor* de ano, o plano de escrever num café se mostrou utópico. Mesmo nos raros momentos de vale na transmissão da COVID-19, confesso que ficar em um ambiente semicerrado, com pessoas desconhecidas circulando com máscaras, ouvindo esguichadas do álcool em gel por todos os lados não me pareceu uma proposta atrativa. Desde março, o hábito de ir a cafés deixou de existir na minha vida.

Esse foi o motivo de ter me encantado pelo Cozy Corner. Pela manhã, depois de preparar um chá, eu aciono o *play* do vídeo e começo a pensar que estou em um café de verdade. Não se trata de um café qualquer: o meu café é daqueles descolados, cheio de gente se debruçando em seus estudos de filosofia, trabalhando em projetos *cool* de sustentabilidade, se encontrando para discutir filmes europeus. Ninguém usa máscara, porque não há vírus nenhum nesse café. Pelo som, a chuva bate na janela, mas aqui dentro não faz frio e os meus pés estão secos. As risadas ao fundo sugerem pessoas se divertindo ao relembrar das gafes da última noitada. O constante tilintar das colherzinhas me faz pensar que o pessoal curte colocar açúcar no café coado, a especialidade da casa.

De repente, escuto o sininho da porta, indicando a chegada de alguém. Seria a publicitária ansiosa por um pão de queijo quente ou o advogado pedindo um café latte pra começar o dia?

Na realidade, quem chega alguns instantes depois à minha mesa é apenas a minha imaginação dizendo, ansiosa:

"Vamos escrever?"

Aberta a temporada de novas primeiras vezes

Dificilmente alguém já ficou em quarentena. Pode ser que um ou outro acometido por catapora, caxumba ou gripe tenha ficado de resguardo por alguns dias, vá lá. Mas essa sensação de estar, coletivamente, em isolamento social com quase 2 bilhões de indivíduos, por semanas e semanas, é novidade para todo mundo. Com essa "primeira vez" de tanta gente, percebo um desencadeamento de outras primeiras vezes que nem sempre a gente se dá conta quando estamos muito ocupados em nos esconder de vírus loucos (e soltos) por aí.

Um dia desses, cortei o cabelo do meu marido. Aliás, foi a minha estreia no mundo das tesouras e, mesmo assim, ele confiou em mim. Usei um cortador de barba para raspar a parte de baixo e uma tesoura de cozinha para fazer um repicado conceitual na parte superior. Dadas as ferramentas de trabalho, o resultado ficou, digamos, satisfatório. Com certeza, a foto do cabelo dele não virará meme sobre cortes de cabelo quarentenais, o que me deixou bastante orgulhosa. Foi assim que me tornei uma cabelereira amadora.

Outra atividade que eu não me imaginava fazendo na vida era limpar vidros. Já morei sozinha por muito tempo e fiquei anos sem ajuda na limpeza da casa. Mas as janelas nunca foram tópico de preocupação para mim, sendo precedidas por temas mais relevantes como "cadê a Simony" ou "qual a capital da Macedônia". Só que nessa quarentena, além de limpar vidros, eu usei o miraculoso vinagre branco, meu primeiro produto de limpeza natureba. Naquela noite, até tive sonhos com anjos veganos, voando em redomas de vidros cristalinos.

Não posso me esquecer que, graças à reclusão, foi a primeira vez que minha sobrinha conheceu o lado colombiano da família via videoconferência, que comprei um desenho pela internet de uma artista e mami costurou máscaras de tecido para doação. Também foi novidade uma amiga montar um quebra-cabeça, eu ouvir falar de Wuhan e muita empresa finalmente aceitar o *home-office*. Nunca antes uma amiga havia cozinhado, a vizinhança do prédio tinha se unido em prol de uma campanha de arrecadação de alimentos e meu pai havia corrido 6 km no quintal de casa. Pela primeira vez, eu não consigo mais ter a sensação de controlar o meu futuro, a blogueira de moda raspou a cabeça (e ficou linda!), meus sogros se exercitaram usando a escada da sala e músicos tocaram seus repertórios para milhões de pessoas dançarem e cantarem em suas casas.

Pela primeira vez sinto que quase todo mundo tá na mesma página, meio sem saber o que fazer. Nenhum livro, MBA ou *podcast* nos preparou pra isso. Em menor ou maior grau, estamos todos mergulhando no nada, nos reinventando, acertando e errando, seguindo dia após dia. Tirando toda a tristeza, a incredulidade, a crise, o luto, a frustração, o medo, a incerteza, o desespero e a chatice desse momento, deve haver algum tipo de beleza nisso tudo.

Há de haver.

editoraletramento
editoraletramento
grupoletramento

editoraletramento.com.br
company/grupoeditorialletramento
contato@editoraletramento.com.br

casadodireito.com
casadodireitoed
casadodireito

Grupo Editorial
LETRAMENTO